残月の剣

無茶の勘兵衛日月録3

浅黄 斑

時代小説

二見時代小説文庫

残月の剣——無茶の勘兵衛日月録3

目次

越前松平家系図（早世の子を除く）

（徳川）家康
- 信康
- （結城）秀康
  - （松平）忠直
    - 光長〔母：勝姫（高田殿） 娘：国姫〕
    - 亀
    - 鶴
    - （永見）長頼
    - （同）長良
    - 勘
  - 忠昌
    - 万
    - 国松
    - 光通〔正室：国姫 隠し子：権蔵（直堅）〕
    - 昌勝
    - 千
    - 昌親
    - 布里
  - 喜佐 ＝ 毛利秀就
  - 直政
    - 綱隆
    - 近栄〔直良の女、布不が正室〕
    - 駒
    - 隆政
    - 鶴
    - 直丘
  - 吉松〔本多富正養子〕
  - 直基
    - 直矩
    - 縁
  - 直良
    - 布不
    - 市
    - 直明〔越前大野藩〕
- 秀忠

予　兆

1

北国《ほっこく》街道は、古《いにしえ》より京と北陸を結ぶ最短の街道である。

湖東の彦根に端を発し、琵琶湖に向かって北上したのち余呉湖の脇を抜け、越前（福井）を通過して加賀（金沢）にいたり、さらに越中（富山）、越後（新潟）にまで道を延ばす全長百三十里（五二〇㎞）の大動脈だ。

かつてこの道は、上洛をめざす戦国武将たちの野望の道であり、また夢破れて落ちのびる敗退の道でもあった。

軍旅《いくさたび》の難所は、越前の入り口に立ちふさがる急峻な木ノ芽峠と山中峠である。風雲の志に奮い立つ身にはまだしも、落人となり果て敗走のときには、さぞやつらい道のりであったことだろう。

このように京より越前への道は、万葉の昔からの山中峠越えの古道と、木ノ芽峠越えの北陸道の二つきりしかなかった。

そこへ、織田信長の家臣である柴田勝家が北庄《きたのしょう》(現在の福井市)の城主となり、信長の城下安土との最短距離を確保すべく、栃ノ木峠越えの新道を開発した。

こうして北国街道は一気に車馬の数を増やして、五街道に次ぐ殷賑の街道となっていったのである。

しかし信長亡きあと、その柴田勝家が羽柴秀吉と賤ヶ岳《しずがたけ》で闘い、自らが開発した新道を逃げ下って北庄城で自害して果てるとは、なんとも皮肉なことであった。

勝家の自害から、時代はめぐること幾十星霜、北庄藩六十八万石は城主松平忠直の乱心により改易され、そのあとを五十二万五千石で、忠直の弟である忠昌が受け継いだ。

このとき北庄藩は福居藩と名を改め、のちには福井藩と、さらにその名を変えていく。

だが、いかにもわずらわしい。以降は、北庄、福居ともにひっくるめて、福井で統一したいと考える。

京より福井をめざす旅人の多くは栃ノ木峠を越えるが、敦賀に立ち寄り山中峠や木ノ芽峠越えを選ぶ者もある。

だが、そのいずれを選ぼうとも通過せねばならぬのが今庄《いまじょう》の宿場町であった。

つまり今庄宿は、越前最南端の玄関口にあたる。

だから、そこへいたる三本の道筋には、それぞれ往来の者を詮議する関所が置かれていた。

まず山中峠越えには大桐《おおきり》山中村に、木ノ芽峠越えには二ッ屋村に、若狭・越前国境の関所が置かれている。そして栃ノ木峠越えには、峠の下り口の板取村に、近江・越前国境の関所が設けられていた。

この板取関所は、広壮な門構えの内に間口三間奥行三間の平屋建てが三棟ある。ここに福井藩の役人と足軽が三人ずつ常駐し、弓矢、鉄砲、具足も備えて警戒に当たっていた。

この関所を通過して入る今庄宿は、南北十町（約一㎞）にわたって旅籠五十数軒、茶屋十五軒、造り酒屋十五軒、娼家二軒を数える繁華な宿場町だ。

宿場町に建ち並ぶ建物は切妻、平入り、本卯建《うだつ》と、それぞれに趣向を凝らしている。

とはいうものの、豪雪地帯のため屋根を支える梁は太く、軒先から無粋に突き出していたりして、雪国独特の造りが、どこか滑稽でもあり、また野趣豊かな街並みを形成していた。

急峻な山山に遮られ、陽はまだ蒼天に見えぬが、時刻はすでに五ツ（午前八時）に近かったろう。

だが今は盛夏――。

早発ちの旅人たちで、ひととき足音しきりだった宿場町も一段落して、やがてねっとりした真夏の太陽に炙られるときを、じっと待ちかまえているという観があった。

ただ蟬の声が、囂《かまびす》しい。

早く陽よ現われろ、とばかりに街道の樹木の幹に張りついて、我が世を謳歌している。

一陣の風でも吹いたか、薄紫色した合歓木《ねむのき》の、細い糸毛でできたぼ
んぼり綿のような花が、身をよじるように震えた。

その気配に驚いたか、それともこれから起ころうとする禍禍《まがまが》しいできごとを予兆したか、合歓木から一匹の天道虫《テントウムシ》が血のように赤い羽を広げて、真っ直ぐに天空に向けて飛び立った。

羽音は蟬たちの声に圧されて聞こえはしなかった。だが、直後、蟬の声がぴたりと

熄《や》んだ。

蟬の沈黙と、乱れた下駄音と——。

いずれが先だったかは判然としない。

一軒の旅籠から、猛然と飛び出してきたのは、まだ三十路《みそじ》にはなるまいと思われる武士であった。ひどくあわてた様子である。

急いで身につけたと思われる単衣《ひとえ》の胸ははだけ、脇差しは腰にあるが、大刀は左手にひっつかまれたままで、下駄を突っかけ街道を南へと駆けだしていった。

カッ、カッ、カッと山峡《やまかい》の宿場町に下駄音が響いた。だが、よほどもどかしかったか、ついには下駄は脱ぎ捨てられた。

ときは寛文十三年（一六七三）の六月である。

男の名は、堀《ほり》十兵衛《じゆうべえ》といって福井藩士であった。

2

（のくてぇ！）

裸足で走りながら十兵衛は、越前の方言で馬鹿とかのろまを意味することばを腹に吐き捨て、自らを責めた。

（さては一服、盛られたか）

次に十兵衛は、そんなことを思った。

（昨夜の酒に、眠り薬を仕込まれたにちがいない）

天南星《てんなんしょう》に曼荼羅華《まんだらげ》等を配合した越中の散薬が、不眠に卓効があることを十兵衛は知っていた。


十兵衛が目覚めたとき、いつもの寝覚めではなかった。

どこか頭の芯が重い。

ぼんやりと霞みがかったような揺曳感があった。

枕元には大徳利が枕屏風との間に転がっており、食い散らかされた皿や、二個の酒茶碗がそこらに雑然と並んでいる。

まだ開ききらぬ目にそれらを投影させて、一瞬、いま自分がいるところがどこか、なぜこのようなところにいるのか、ふと訝ったのち十兵衛は、

「あっ！」

思わず叫んでいた。

隣りの布団が、もぬけの殻だった。

そればかりではない。同室していたはずの権蔵《ごんぞう》の旅装も消えている。

(まさか……?)

驚愕がまだ実感としてとらえきれぬままに、十兵衛は自分の持ち物を点検した。

そして見る見る青ざめた。

(ない!)

路銀ばかりか、関所手形までが消え失せていたのである。

大小をつかんで立ち上がった。

立ち上がってはみたが、寝巻姿なのに気づく。

十兵衛は、汗に湿った浴衣《ゆかた》を剝ぎ取るように脱ぎ捨て、手早く単衣に着替えた。袴をつけるまでのゆとりはない。

大小だけを手に、開け放った障子もそのままに旅籠の廊下を走り、階段を駆け下りながら脇差しを腰に差した。

そんな十兵衛を、宿の主らしいのが玄関脇の結界から、驚いたような顔で迎え、

「へえ。おはようさんで」

のんびりした声で迎えた。

それに対して十兵衛は怒鳴るように、

「お、おい、拙者の連れはどうした」

「はあ、それならとっくにお発ちでございますよ」

「なに、いつごろだ」

「いつごろといって、まだ夜明け前でございましたが」

「なんと……。で、今は何時《なんどき》ごろだ」

「さて、そろそろ五ツでございましょうか」

「ううむ……」

明け六ツ（午前六時）以前に発ったのなら、すでに一刻半（三時間）も経っていよう。

その事実を突きつけられて、十兵衛は呻《うめ》いた。

といって、手をこまねいているわけにはいかぬ。

「履き物を借りるぞ！」

玄関先の歯のちびた宿下駄に足を突っ込み、十兵衛は、あわただしく旅籠を飛び出したのだ。

3

血相を変えた武士が飛び出していったのをあきれ顔で見送って、今庄仲町の旅籠屋の主人千代助《ちよすけ》は、ひょこひょこ玄関先まで出て、暖簾下から首だけを突き出した。

（おやおや）

右手で着物の裾をたくし上げ、左手に刀を握って一心に駆けていく侍の背姿が少しかしいだかと思ったら、ぽんぽんと、両の下駄を蹴上げるように脱ぎ捨てて、裸足になったのを目撃した。

まだ観音町まではいかぬ距離だった。

今庄の街道は、遠見遮断の目的をもって、わずかな屈曲を繰り返しながら辿る構造になっていて、やがて侍の背姿も消えた。観音町あたりまでは見渡せるから、すでに上町に入ったのだと知れた。

（やれやれ）

千代助は、ひとつ大きく嘆息をついて、侍が蹴散らしていった宿の下駄を拾いに出かけた。

思い出したように、蟬の声がひとつ湧き、またたちまち蟬の合唱がはじまった。

（あの侍……たしか堀十兵衛と言ったな）

名を思い出しながら、千代助は思った。

（行き先は、板取の関所だろうな）

上町から、さらに南の方向にそれはある。およそ十五町（一五〇〇ｍ）は先で、関所の先は板取の宿場町にいたる。

皆が関所とは呼んでいるが、正確には口留《くちどめ》番所であった。

幕府が公的に設置した関所に対し、口留番所は諸藩が自領と他領を連絡する水陸の要所に設置した関所に類したものだ。

具体的には藩境の警備のために旅人の出入りを検察し、国の特産品などの物資移出を監視するのが任務であって、御番所とも称されている。

（あれは……）

そう、三日前のことであったな、と千代助は思い出していた。

六月二十日のその日、今庄の宿場が大にぎわいだったのは、前前日の十八日が越前勝山にある平泉寺の祭礼日で、他国からも参拝客が押しかけたせいだ。

その平泉寺白山神社の祭礼も終わり、帰国客が多かった。

そうした客に混じって、ひょろりと背が高く、ニキビ面の若侍が姿を現わしたのは、山の烏《カラス》たちが塒《ねぐら》へと帰っていく夕間暮れのころであった。

宿帳に井原源蔵《いはらげんぞう》と記したその若侍が千代助の印象に残ったのは、他の旅人とは明らかにちがった点があったからだ。

まず、どう見ても旅人には見えない風体だった。

羽織袴の右腰に、鹿皮らしい印伝《いんでん》の小袋をぶら下げているだけで、ほかに荷物らしいものもない。

足拵えこそ草鞋履きだが、それも白足袋で履いて、とても旅慣れた者の風体とは思えなかった。

そして着衣は、どれもが高価そうだった。

しかも羽織の家紋は六葵《ろっき》である。

そうと気づいて千代助は目を瞠《みは》った。

丸に三つ葉葵と併せ、六葵は福井藩主の家紋であったからだ。

もう一度、しげしげと若侍を見た。

年のころは、せいぜいが十六か十七、前髪を下ろしたばかりの年ごろに見える。

(まさかな)

福井の殿様は松平光通《みつみち》であるが、未だ男児に恵まれないと聞いていた。第一、そのような身分の人物が、自分のところのような旅籠に現われるはずもない。

（ご城下の、どこぞの若様が……）

千代助は、そう思った。

ふらりと漫歩にでも出て、つい、この宿場町にまで足を伸ばしてきたのか……。だが、それにしても、福井のご城下からここまでは、八里余の距離がある。その点が少し解せなかった。

従者も伴わずにいるが、風体からみて身分ある人物に思えたから、丁重に部屋へ通した。

すると――。

――ご主人、ちと相談がある。

――へえ、なんでございましょうかな。

――困ったことに、ここへの道中の途次、出手形を紛失してしまった。そのほうで手配してもらえぬだろうか。

――ははあ……。

番所を通過して他国へ出るのに、出手形は必需品である。

通常は福井城下で、藩から発行されたものを準備してくるものだが、うっかりその手続きを忘れてやってくる迂闊者も多い。

そこで旅籠や宿場の茶屋などで、手数料を取って出手形を手配してやることは可能だった。そのため、番所役人には日ごろより怠りなく付け届けもしている。

しかし……。

千代助が訝《いぶか》ったのは、相手が武家であったからだ。

往来手形以外に出手形が必要なのは庶民の場合であって、もし目前の若侍が福井藩に関わる者であれば、藩発行の手形一枚で、すべてがこと足りる。

（ということは……他藩の侍なのか）

武家といえど、他国の者ならば、たしかに出手形は必要だが、その点が目前の服装とそぐわない。

しかも家紋が越前松平家と同一となれば、なおさらである。

そこで千代助は言った。

――往来手形さえあれば、出手形は六十文にて手配できます。もう番所も閉まるころなので、明日いちばんにも手配してまいりましょう。

そして預かった往来手形を確かめると、それは松岡藩家老が発行したもので、若侍の名は井原源蔵とあった。

（なるほど、松岡藩の侍か）

松岡藩五万石は、現在の福井藩主の庶弟が領する新藩であった。

（ならば、家紋も辻褄は合うが……）

千代助は、納得したような、なんだか割り切れぬような、半端な思いを残している。

――ああ、それからな。

若侍は、ごそごそ印伝の革袋をさぐって六十文を出したあと、一両小判を取り出して言った。

――このとおり、旅には不向きな服装じゃ。すまぬがこれで、道中に必要と思われる品じなを整えてはもらえぬかの。

それも承知した千代助だが、飲み込みきれない異物が喉に引っかかったような気分に変わりはない。

（いやいや、よけいなことに首を突っ込むまい）

ここはひとつ、なにも気づかぬふりをして、この若侍をただの旅人として扱い、無事に送り出してしまうのが良策……と千代助は考えた。

そこで、その翌朝いちばんで、千代助は宿の手代を板取の番所まで走らせた。昨日の井原という若侍以外にも、出手形を必要とする客がもう一人いて、それを手配するためであった。

だが、ほどなく手代が戻ってきて言うには、

——どうもいけません。関所はとんだ混雑で、出手形を発行するには手が足りぬということでございます。その出手形の願いも、各旅籠から大量に届いているらしく、早くとも、明日以降になるらしゅうございますよ。

——そういえば、去年もそうであったな。

めったにないことだから忘れていたが、ときどきは、こういった事態が起こる。

そこで井原のもとへは千代助自身が、もう一人の客には手代をやって、足止めの事情を告げることになった。

千代助が部屋に入ったとき、若侍の井原は昨夜の内に取り揃えて届けておいた、菅笠や脚絆、合羽などの旅装品を広げていたが、

——ふうむ、さようか。

事情を述べた千代助に、少し表情を翳らせたのち、つぶやくように答え、続けた。

——そういうことならやむを得ないが、できるだけ早く頼みたい。多少、金がかかってもかまわぬ。

――承知いたしました。のちほど掛け合ってまいりましょう。

そうは答えたが、結局この日、出手形はとれなかった。

4

翌朝、千代助は再び手代を番所まで走らせたが、出手形の発行は昼を過ぎるだろうということだった。

で、昼過ぎにもう一度手代をやったが、やはり手ぶらで戻ってきた。

今しばらく待て、というのである。

まあ、役人に、急ぐという観念がないのは古来からの約束ごとであるから、まさに〈泣く子と地頭には勝てぬ〉のであった。

そうこうするうち、一人の武士が旅籠の玄関口に立った。

昼八ツ（午後二時）を過ぎたころだ。

色浅黒く、眉根の太いその顔は、暑熱にさらされて汗にまみれている。短軀だが、がっしりした体格であった。

――拙者は福井藩士で、堀十兵衛と申す者。ちとお尋ねしたい儀がござる。

——はいはい。なんでございましょうか。

——一昨日、あるいは昨日あたりからだが、年のころ十六くらいの若侍が滞在してはおらぬか。身丈は五尺八寸（一七四㎝）ほどで細く、面皰面《にきびづら》で……。

堀と名乗った武士があげる特徴が、すべて、あの若侍に一致した。

——それなら、井原様でございましょう。

——ほう、井原と名乗っておるのか。

——いえいえ、松岡藩のお方で。往来手形にも、そのように書かれておりました。

——ふうむ。

堀は首をかしげた。

この時点で、堀も千代助も、あの若侍がひそかに松岡藩士井原源蔵の往来手形を入手していたことなど知らなかったのである。

——ま、それはよい。で、その者は？

——はい。まだ、当旅籠にご滞在でございますが。

——おう！

堀は喜色満面になって、千代助に部屋へ案内させた。

この時刻、旅籠はほとんど空になっていて、残っている客は、出手形の発行を待つ、二人きりであった。
暑気が満ちる時刻だから、その部屋の障子は開いていた。
――あれか。
部屋の手前で立ち止まり、千代助に確かめたあと、堀は千代助を手で制し、
――ごめんつかまつる。
声をかけるやいなや、ぬっ、と開いた障子に全身をさらした。
――おおっ、十兵衛ではないか。
驚愕したような声が、千代助の耳に届いた。
――おう、やはり権蔵さまであられましたか。入りますぞ。
堀はそう言い、千代助に向かってうなずいたあと、
(行け)
とでもいうふうに手を振り、部屋に入ると障子を閉めたてた。
(はて)
千代助は、首をかしげる。
(たしか、権蔵さまと聞こえたが……)
それとも源蔵が、権蔵に聞こえたのだろうか……。

夕刻に近づいたころ、ようやく出手形が手に入った。

千代助が部屋に向かうと、この暑いのに障子は閉められたままで、内部から、ぼそぼそと話し声が聞こえてくる。

なにとはなしに入りづらい雰囲気があって、そのまま千代助は帳場に引き返した。

そろそろ夕餉を出さねばならぬ時間になって、堀十兵衛が帳場に現われた。

——亭主、すまぬが、わしも今宵、この旅籠に厄介になることにした。

——ああ、さようで。やはり、お探しの御仁でございましたか。

——うむ。おかげでな。いかい世話をかけ申した。これはわしの気持ちじゃ。

話し合いが無事についたか、堀の口調はよほど砕けたものになっていて、〈拙者〉が〈わし〉に変わっている。

上機嫌で、金包みを差し出してきた。

——これは、ありがとうございます。ところで堀さま、あの井原さまの出手形が届いておりますが。

——ん……？　ああ、そうなのか。では、わしが預かっておこう。

番所から戻ってきた井原の往来手形ともども、堀十兵衛の懐にしまわれた。

そして夕餉も終わり、夜も五ツ半（午後九時）を過ぎたころ、再び堀が現われて、

——遅くにすまんが、酒を頼みたい。肴《さかな》も、適当に見繕ってな。

どうやら酒宴をはじめるらしい。

——ほかにお客さまもいらっしゃいますんで、できるだけ静かにお願いしますよ。

釘だけは刺して、酒と料理を運んだ。そして、二人の部屋へ運んだ大徳利は三本を数えることになる。

5

旅籠を飛び出していった堀十兵衛が、街道に短い影を刻みながら悄然と旅籠に戻ってきたのは、昼四ツ（午前十時）を過ぎてからである。

「お帰りなさいませ」

そう声をかけた千代助は、次にぎょっとなった。

堀の表情が、別人のように変わっていた。まるで幽鬼のようである。

さらに足元を見て驚いた。

両足は泥にまみれ、爪からは血が滲んでいる。

「おい、誰か、水盥《みずだらい》を……」

千代助は小女《こおんな》に声をかけ、ついでに足の傷の手当もするようにと命じた。

千代助の推量によれば、堀は板取の関所まで、およそ半里の道のりを裸足で往復したことになる。

おそらく足裏も破れ、ひどい傷を負っているにちがいなかった。

だが千代助は、小女に堀十兵衛の世話をいいつけると、そのままするうっと姿を消した。

（触らぬ神に祟りなし）

あの面皰面の、ひょろりとのっぽの若侍が夜明け前に発つというのを、とどめる理由も、責任も千代助にはない。

（だが、それを咎められて……）

ばっさり堀に斬られでもすれば、どうにも間尺に合わない。

（三十六計逃げるに如《し》かず）

とばかり、そうっと店を抜け出した。

近所の縮緬《ちりめん》屋の亭主と世間話などして、千代助は時間をつぶした。

その間、自分の旅籠のほうにも注意を向けたが、特に騒ぎらしいものも起こらない。

それでも半刻（一時間）ばかりを過ごしてから、またそうっと旅籠へ立ち戻った。

「お侍さんは、どうしたね」

「部屋に戻らしてるんやざぁ」

小女が、方言丸出しで答えた。

「ほう、そうか」

何はともあれ、騒ぎにならずによかった、と千代助は胸をなで下ろした。

それきり二階からは、ことりと物音もしないし、堀も姿を現わさない。

途中、小女に様子を見にいかせると、障子を閉めたてたままだという。

「ふうん……」

なんだか不吉な予感がした。

「中は覗いたかね」

「おえー、ほがいなー」

小女も、堀の幽鬼のような姿に怖《お》じ気づいてか、中までは確かめなかったようだ。

そこで千代助は手代を呼んだ。

「ちょっとな。中食《ちゅうじき》（昼飯）はどうするかと、尋ねてきておくれ」

やがて二階から、ばたばたと乱れた足音が聞こえたと思ったら、「あー」とか「うー」とか、ことばにならない声が聞こえた。

千代吉が急いで帳場を出て階段を見上げると、踊り場にへたり込んだ手代が、廊下のほうを指さして、口だけをぱくぱくさせている。

どうやら腰を抜かしているようだ。

手代はそこまで這ってはきたものの、階段を下りるに下りられず、ことばさえ出せずにいる。

不吉な予感はあたって、異変が起こったらしいことは明白だ。

（うむ）

千代助は下腹に力を入れてから、階段を駆け上った。

手代が指さすのは、あの部屋の方向だった。開け放たれた障子から、異様な匂いが漂ってくる。

畳一枚を裏返した上で、堀十兵衛が、朱《あけ》に染まって頽《くずお》れていた。

血腥《ちなまぐさ》い光景に、千代助は思わず目をそむけた。

そのまま目を固く引き絞り、千代助は頭を一振りしてから、おそるおそる目を開けた。

それからもう一度、凄惨な光景を見据えた。

腹を切り、返す刀で自らの頸動脈を断ち切ったのであろう。血飛沫《しぶき》が畳の上を走り、奥の障子を朱に染めていた。

ふと、床の間に、三通の書状が並んでいることに気づいた。遺書であろうか。

だが、千代助に、それを確かめるだけの気力はなかった。

千代助はふらふらと後ずさりすると、かろうじて二階廊下の欄干につかまって、頼りなくふらつく身体を支えた。

夏の街道の昼下がりは、不思議なほど静謐に満ちていて、軒を連ねる宿場町の屋根越しに鍋倉山や藤倉山が望まれ、さらにそれより天高く、入道雲が地上を見下ろしていた。


その夏の日から、一年ほどの月日が流れた――。

6

越前大野弁で〈はげっしゅ〉と呼ぶ半夏生《はんげしょう》を二日後に控えた、五月二十七日の夜

――。


大野の城下町は梅雨にそぼ濡れて、静かな佇まいを見せていた。

だが清水町の一画にある、小ぶりな武家屋敷は例外であった。

月も隠れた夜闇のなか、道を濡らし、木立を、屋根を濡らして潸潸《さんさん》と降りつづける、景色のしめやかさにそぐわぬ華やかな空気が、そこにはあった。

屋敷表には、誇らしげに二つの高張提灯が掲げられ、紗幕のような糸雨に滲む光に、屋敷の表札は〈落合《おちあい》〉と読める。

当主は、弱冠には一年足りぬ十九歳の落合勘兵衛《かんべえ》。しかしその本人は江戸にあった。すでに隠居した父の孫兵衛《まごべえ》夫婦と弟の藤次郎《とうじろう》が、その留守宅を守っている。

閑静な武家屋敷町に、その落合家から人人のさんざめく声が漏れ聞こえてくるのは、酒宴でも張られているのであろうか。

「これ、藤次郎。もっと飲め。今宵はそなたの祝宴ぞ。これしきの酒でつぶれるではないわ」

数少ない親戚の一人である落合七兵衛《しちべえ》が、磊落な声をあげている。

この七兵衛、大野藩百八十石取りの物頭《ものがしら》で、今宵は一家の六人総出で、藤次郎仕官の祝宴に馳せ参じていた。

「いえ、もう、これ以上は、とてもとても」

すでに顔を真っ赤にして、音《ね》をあげているのは十六歳の落合藤次郎で、孫兵衛の次男である。

江戸にある長男の勘兵衛ともども、藤次郎もまた元服の際には、この落合七兵衛が烏帽子《えぼし》親をつとめた。

「まあ、まあ、おじさま。まだ藤次郎は酒には馴れておりませぬゆえ、どうぞご斟酌のほどを」

まだ襁褓《むつき》もとれぬ赤児をあやしながら、そう助け船を出したのは藤次郎の姉で、二十一歳になる詩織《しおり》であった。

詩織の夫で、徒《かち》小頭八十石の室田貫右衛門《むろたかんえもん》が言う。

「それにしても、めったにないことでござるぞ。我が家にも弟が二人おるが、こりゃ、勘兵衛どのにお願いせねばならぬかのう」

「めったどころか、わしゃ、このようなことはじめて聞いたわ。そういや、我が家の頼母《たのも》にしても、まだ部屋住みの身じゃ。のう、どうじゃ頼母。おまえのことも頼んでおくか」

藤次郎に酒を勧めていた七兵衛に、突然矛先を向けられて、

「いや、その……」

今年二十二歳になる頼母が、目を白黒させてから言った。

「父上、戯《ざ》れ言《ごと》にせよ、そのようなことを。こちらのご迷惑になりましょうぞ」

次男であるため、部屋住みを余儀なくされている頼母なのだ。

「なんの、戯れ言なものか。あの無茶勘め、いずれは、どえらいことをしでかすと思うておったが、いやはや、今度ばかりは肝をつぶしたわ。はてさて、いったいどのような手を使ったのであろうか」

七兵衛は、酒に火照った顔を左右に振ったあと、次は、孫兵衛のほうにことばをかけた。

「のう、親父どの、勘兵衛はたしか若殿から、あの山路《やまじ》の倅……亥之助《いのすけ》といったか、山路亥之助を討てと命じられていたのであろう。それが、どうしてこたびのように、大和郡山《こおりやま》藩に伝手《つて》ができたのだ」

ある事件の巻き添えで、二年前、四十三歳の若さで隠居をし、当時十七歳の長男勘兵衛に家督を譲った孫兵衛が、小さく首をひねった。

「いやはや、そのあたりが、拙者にも、とんとわかりませんでな。亥之助の件につきましても、噂で聞きはいたしましたが、それが事実なのかどうかさえ、我らは知り申さぬのじゃ」

「ふむ。勘兵衛から、なにも聞いてはおらぬのか」

「さよう。たまにくる便りでは、ただ元気でやっている、というだけでしてな。それが、つい先月の便りにて、この藤次郎の仕官のことを報せてまいりまして。まさか、なにかのまちがいであろうと、にわかには信じがたかったのですが」

「ところが、瓢箪から駒だったわけだ」

「そういうことです。つい先日、斉藤《さいとう》家老から聞きましたるところによると……」

「ふむふむ」

孫兵衛が話しだすと、七兵衛は膝を乗り出した。

「江戸御留守居からの書状によれば、大和郡山藩では、最初、勘兵衛めを譲り受けたいとの話でありましたそうな」

「ほほう」

「それもなんと、二百石で召し抱えたいとのことであったそうです」

「なんと！」

七兵衛は目を剝いたが、それは他の客たちも同様であった。

「ところが倅めは、それをきっぱり断わりましたそうで」

今にも鼻をうごめかしそうに言う孫兵衛に、

「ううむ……」

七兵衛は感に堪えたような声をあげて、

「さすがは勘兵衛、その見識は見上げたものよ。で、そのお鉢が、弟の藤次郎のほうにまわってきたというわけだ」

「どうも、そのようでございますな。もっとも、藤次郎のほうは三十石とのことでございますが」

「なんの。上等、上等。我が家の頼母などは、養子口でもありさえすれば、たとえ切米十石二人扶持の馬廻りの家でも、ありがたいと思うておる」

再び引き合いに出されて、少しむっとした顔になった頼母を見て、あわてたように孫兵衛が言った。

「と、申しましても、手放しで喜ぶ仕官ではございません。なんといっても大和郡山藩は、まだまだ騒動の絶えぬところと聞き及びますからな」

「おう、かの九・六騒動か。藤次郎の仕官先は、本藩のほうであったな」

大和郡山十五万石を、嫡系の本多政長と庶系の本多政利とが争った長い長い騒動は、つい三年前に幕府の裁断で、政長に九万石、政利に六万石という分割統治で決着をみていた。

もっとも本藩の政長のほうは、それまでの部屋住料三万石を併せ、実質は十二万石の大大名となったのだ。

だが、まだまだ水面下での闘争は続いている、とのもっぱらの噂である。

この場で主役的に語られている落合勘兵衛は、実のところ、奇妙な曲折から、先に名の出た山路亥之助を討つべく、亥之助が逃げ込んだと思われる、本多政利の江戸屋敷に探りを入れていた。

そして思いがけず、大和郡山藩を二分する闘争に巻き込まれた結果、弟藤次郎の仕官先を得るという僥倖に恵まれたのであった。

だが、その間の詳しい経緯は、勘兵衛本人以外は、大野藩江戸留守居役の松田与左衛門《まつだよざえもん》しか知らぬことであった。

七兵衛が改めて念押ししたように落合家次男の藤次郎の仕官先は、嫡系の本藩のほうである。

「ま、心配の種は尽きぬだろうが、分藩の本多政利のほうでなくてよかったではないか。なにしろ、あの男の評判は、すこぶる悪いからな」

七兵衛の発言には、それなりの根拠がある。

そもそも九・六騒動の種子は、十五万石の姫路城主、本多政朝《まさとも》が死の床についた際に、地に蒔かれた。

そのとき政朝の嫡子の政長と、その弟の政信は、まだ幼少であった。

そこで父の政朝は庶流の龍野城主、本多政勝を呼び、嫡子が成人したら家督を譲る約束で、一時的に家督を預けることにした。幕府もこれを認め、姫路より大和郡山へ転封させた。

ところが本多政勝は言を左右させて、この約束を守らぬまま本家を簒奪《さんだつ》しつづけ、ついには我が子の政利に大和郡山藩十五万石を継承させようと画策した。

そうして起こったのが九・六騒動であり、十五万石が九万石と六万石に分割されたことで、そう呼ばれている。

結果として、嫡流の一部を庶流が簒奪した形になってしまった。

だから、庶流の本多政利に対する世間の評判は、非常に悪い。

こういった御家騒動の話となると、同じ藩禄を食《は》む者にとっては、ひとごとではない。

宴席に集《つど》ったひとたちの話題は、そのことに集中し、しばし話の花が咲く。

「そう申せば……」

七兵衛の嫡子である秀治《ひではる》も口を開いた。

「この正月、越後高田藩主・光長さまのご嫡子が、子もないままに亡くなられたそうですが、跡目は平穏に決着がつきましょうかな」

「はてさて、詳しくは知らぬが、ちぃと、きな臭いことになりましょうか」

「揉めましょうかな」

「すんなりとは、いき申さぬであろう。やはり揉めましょうな」

一同は、異口同音に眉根を寄せながら評しあった。

ここ大野藩の藩主は、松平直良といって、結城秀康に端を発する越前松平家の一門であった。(6ページの越前松平家系図を参照)

他人の不幸は蜜の味、というが、この座にいささか暗澹とした空気が流れたのは、いま話に出た越後高田藩の不幸が、同じ越前松平家の不祝儀《ぶしゅうぎ》だったから、というだけではない。

この大野藩においても、かつて世継ぎをめぐり藩を二分した争いがあったからだ。

だから、同じ一門である越後高田藩に世継ぎがいなくなった、という話題は、ここに集まる一座の者たちにとって、身につまされる話題であった。

「なるほど越後高田藩では、さぞ大変なことでござろうがの……」

倅の祝いの席で、ひょんなことから座が暗くなりはじめたのを感じて、落合孫兵衛は、話題の転換につとめようとした。

だが、

「ふむ大変といえば、福井藩のほうも、また大変でござるぞ」

孫兵衛の気も知らず、七兵衛が、また新たな話の種をばらまき、これに室田貫右衛門が食いついた。

「光通《みつみち》さま、ご自害の件でござるな」

この三月、越前松平家の本家ともいうべき福井藩にも凶事が起きていた。

なんと藩主の松平光通が、世継ぎもないままに自害して果ててしまったのだ。

たしかに、これまた、尋常一様ではない事態ではあった。

だが孫兵衛は、ようやく、この祝宴には似つかわしくない話題にとどめを刺す機会を得ていた。

「大変とは申すものの、福井藩のほうは、光通さまのご遺言で、異母弟の昌親《まさちか》さまを次の藩主にと指名なされて、つい半月ばかり前に相続を終えたと聞き申したぞ。まずは一件、無事に落着したと思いますがな」

「そうであった、そうであった」

七兵衛もうなずき、ようやく落合藤次郎の祝宴は、再び賑やかさを取り戻し、あと数日のちの六月の吉日を選んで、藤次郎が江戸へ旅立つことが披露された。

父の孫兵衛が、すでに落着したと断を下した福井藩、光通自害の余波が、当の藤次郎や、江戸にある兄の勘兵衛に、大きくかぶさっていくことになろうなど、誰一人として予測できる者はいなかったのである。

位衆傳御組《いしゅうおとなぐみ》

1

向柳原《むこうやなぎはら》から浅草猿屋町の西方に、刻刻《ぎざぎざ》に北上していく道は〈七曲がり〉と呼ばれている。

その日、高山《たかやま》道場で一汗流した落合勘兵衛は新《あたら》シ橋で神田川を渡り、いつものようにその道を辿っていた。猿屋町には勘兵衛の町宿がある。

時刻は七ツ（午後四時）を過ぎたころだ。

久方ぶりの梅雨の晴れ間であったが、道はくねっているうえに、沿道は寺や大名屋敷ばかりだから、塀ごしにたっぷり水分をため込んだ樹木が庇《ひさし》を作っている。

（こりゃ、たまらんな）

むしむしと湿っぽい暑気が石畳の道に充満していて、勘兵衛は小さくあえいだ。

（ふむ……）

角を曲がった前方に、なにやら人だかりがあるのを認めて、勘兵衛は小さく声を落とした。二町ばかり先だ。

時分時か、屋敷に魚菜を届けた棒手振《ぼてふり》たちが、輪を作って見下ろしているのは一本の柳の根方である。魚屋らしい尻っ端折りの鉢巻男が、片膝つきになっているところを見ると、そこになにごとか異変が起きているようである。

勘兵衛と人だかりの合間に辻番所があって、辻番が二人、道にまで出てきて遠巻きに見物していた。

「なにごとかござったか」

勘兵衛は、見物中の番人に尋ねた。

「さて、倒れ者のようじゃが」

菖蒲《しょうぶ》革の袴に六尺棒という、お定まりのなりをした番人が、まるで人ごとのように答えた。

「ようじゃが？」

思わず勘兵衛の口調はとがった。

辻番所は、大名・旗本が自警のために設けたものだから、もし行き倒れなどあれば、それも職務の内である。

「ちょうど、佐竹さまの辻番所との境あたりであるからな」

勘兵衛の声音《こわね》に非難の色を感じたか、番人が抗弁し、もう一人の番人も、

「さよう。もし倒れ者の足が、こちら向きなら話は別だが」

と言い訳じみたことを言った。

行き倒れが、ちょうど辻番と辻番の受け持ち区分の境界である場合、足が向いているほうの辻番が、その処理をするという定めがある。

だが、行き倒れの足の向きが、どうのこうの、という話の意味は勘兵衛には通じなかった。

ただ、勘兵衛が見ると、人だかりの先で道が鍵型に曲がる辻には、羽州久保田藩二十万石、佐竹右京太夫持ちの辻番所があった。

その番所からも番人が一人、伸び上がるように人だかりの様子を窺っている。

いずれもが、できるかぎり厄介ごとに首を突っ込みたくない、というのが本音であろう。

舌打ちしたいような気分で、勘兵衛は少し早足になって、件《くだん》の場所へ近寄った。

柳の木に凭《もた》れるように、両足を投げ出している男が目に入った。月代《さかやき》が、ぼうぼうと伸び放題で、顔も頬髭と無精髭で覆われている。よれよれの着衣は醬油で煮染めたようだ。だが、腰に二本を帯びているから武士だとわかる。浪人だろう。

それに魚屋が、

「おい。おさむれえ、しっかりしろい。聞こえるか、目は開くか」

さかんに声をかけていた。

「いかがいたした」

「へえ。まだ三途の川の手前でさあ。ついさっきまでは、むむむ……なんて、うなっていたが、どうもね。こりゃいけねえや」

勘兵衛を振り仰いで、魚屋が言う。いなせな、若い魚屋だった。

「どれどれ」

勘兵衛は魚屋の横に腰を落とした。

浪人の額には深い皺が刻まれている。皮膚の色は渋紙色で、口からは荒い息がふいごのように漏れている。

「さっき、水を飲ませようとしたんだが、喉を通ったんだかどうか……」

魚屋は心配そうな口ぶりになった。

年のころは見当もつかぬが、浪人は老人のようにも見える。勘兵衛は、皺を刻んだ額に手を当てた。

「ひどい熱だ……」

「で、がしょう。で、せめて住まいでもわかればと、先ほどから声をかけるんだが、この調子じゃ、どうしようもねえんで」

「いや、あるいは旅の者かもしれぬな」

勘兵衛は浪人の足拵えと、首に巻きつけた風呂敷包みや、傍らの杖などからそう判断した。

「なるほど、ちげぇねえや」

勘兵衛の指摘に、魚屋は大きくうなずいた。

だが勘兵衛は、高熱のせいで意識を失っている浪人の腰のものに、目を瞠《みは》っていた。

(これは……)

柄頭《つかがしら》が異様に長い。

(一尺はあるのではないか)

通常の柄の長さは八寸（二四㎝）からせいぜいで八寸五分（二六㎝）なのだ。

鍔《つば》がまた大きい。

三寸はあろうかという鉄地の板鍔で、小柄《こづか》を通す孔ひとつ以外は、なんの飾りもない無骨一辺倒のものだった。

(これは、ただ者ではない)

行き倒れ同然の、ただの薄汚れた老いた浪人ではなかろう、と柄頭ひとつを見てとって、勘兵衛はそう思った。

だから、というわけではないが、

「とにかく、ここではどうにもなるまい。幸い我が家はそう遠くない。すまぬが、そこまで運ぶのを手伝ってくれぬか」

「ありがてえ」

若い魚屋は、ぱっと表情を輝かすと、

「へい、あっしが負ぶってまいりますよ」

威勢よく言った。

「そうか、頼めるか。じゃ、おぬしの商売道具のほうはわたしが持とう」

「なんの。お武家さまが、そんなことをなすっちゃいけねえ。もう商売ものは売り尽くして盥《たらい》二枚に俎板《まないた》包丁、それから天秤棒一本きりだ。うっちゃらかしといたって、誰が盗むもんですか」

「おい、魚屋。そいつぁ、おいらが番をしといてやらあ。心配しねぇで、ゆっくり、いってきな」

そう言いだしたのは、中年の野菜売りだった。

「そりゃ、すまねえな、あにぃ。じゃ、よろしく頼むぜ」

病に倒れている浪人を、皆が手伝って魚屋に背負わせようとした。

「おう。腰のものが邪魔だな。よし、それはわたしが預かろう」

言って勘兵衛は、浪人の腰から大小を抜き取った。

その刀身がまた長い。

勘兵衛は五尺八寸（一七四cm）と長身だから、腰につけた刀身も二尺四寸五分（約七四cm）であるが、ごく平均的な刀身は二尺三寸前後である。

鞘ごしだから、しかとはわからぬが、それがどう見ても三尺は遙かに超えていようという代物であった。

そのことにまた驚きながら勘兵衛は、浪人の杖と一緒に左小脇に抱えた。

「こっちだ」

浪人を背負った魚屋の先に立ち、再び〈七曲がり〉を進みだすと、佐竹右京太夫持ちの辻番が、あわてたように番所に姿を隠した。

「ふん、だ。べらぼうめ」

それに魚屋が悪態をつく。

「ときに魚屋」

先導しながら振り向いて声をかけると、

「へい。あっしは、仁助《にすけ》っていうけちな野郎で。瀬戸物町は、徳利長屋というところに住まっておりやす」

「ああ、さようか。私は落合勘兵衛と申す。すぐ先の、猿屋町の権兵衛長屋に住んでおる」

「へ？　権兵衛長屋というと、あの諸国酒問屋の［常陸屋《ひたちや》］の裏長屋でござんすかい」

仁助が怪訝な声になったのは、おそらく勘兵衛の態《なり》から、どこぞの勤番侍と値踏みしたのがはずれたせいであろう。

たしかに権兵衛長屋というのは、飴屋だの、紙屑買いだのが住む、どぶ板通りの貧乏長屋にはちがいない。

だが勘兵衛が住むのは、その権兵衛長屋の突き当たりにあって、正確には裏長屋ではない。

　先年亡くなったという［常陸屋権兵衛《ごんべえ》］の父親の隠居部屋だったところを藩が借り上げて、いまは勘兵衛が町宿として使っている。そして新高八次郎《にいたかはちじろう》という若党と、飯炊きの長助《ちょうすけ》という二人の使用人も抱えていた。

　だが仁助に、そういったことを説明する必要はない。

「仁助、この御仁に医者を呼びたいのだ。誰ぞよい医者を知らぬか」

「ああ、医者ね。ええっと、ふう、なんでぇ、けっこう重いや。そうだなあ、こっから近ぇところだと横山町に一人いるが、なんでも山医者だって評判で……」

　浪人は、かなり大柄だ。それを担いで、仁助は早くも汗まみれになっている。

　仁助の言う山医者というのは、インチキな医療を施す医者のことだ。

「いやいや、そんなのは困るぞ。もう少しましな町医者はおらぬのか」

「それなら堀留町の乗庵《じょうあん》先生が名医だと評判だが、残念ながら、ちぃっと高ぇ」

「なに、かまいはせぬ。その乗庵っていう医者は、往診もしてくれるのか」

「そりゃあしてくれるが、大丈夫かい。一両は取ろうかっていう先生だぜ」

「ほう、そりゃなかなかに……」

　一両といえば、飯炊きの長助の半年分の給金に匹敵する。

2

勘兵衛は訳あって、猿屋町に町宿を持ちながら、浅草瓦町の菓子屋［高砂屋《たかさごや》］の二階八畳の間に居候している。

「すまぬな。きょうは朝飯はいらぬ」

勘兵衛の世話を焼く［高砂屋］の下女、おたるに断わって、勘兵衛は、早朝から猿屋町に向かった。

空はどんより曇っているが、梅雨のお湿りは落ちていない。

きのう運び込んだ、浪人の容体が気にかかっていた。

魚屋の仁助に頼んできてもらった医師の乗庵によれば、

――肝の臓が腫れ上がっております。この分では、あと一月もせぬうちに、顔が黄色く変色してきましょう。もはや手遅れでございます。静養しておれば、いま少しは保《も》ちましょうが、残念ながら、この夏を越せるかどうか……。

という見たてであった。

与えられた薬は解熱剤と、痛み止めだけで、あとは栄養をつけ、静養させることが肝要だと言って帰っていった。

そして、仁助が言ったのとは裏腹に、びっくりするほど安い料金であった。

——事情は、魚屋より聞きました。縁もゆかりもないあなたさまが、親切にも、こうして行き倒れた病人を引き取り、医者まで呼ぼうという。なかなかできることではございません。なにより、病を治すことが医者のつとめ。治しもできぬからには、料金などは受け取れませぬ。薬代だけでけっこう。また何かあれば、いつでもご遠慮なく、お呼び寄せください。

三十半ば、白皙の医師は、坦坦と述べたあと辞去していった。

（よい医者じゃ）

めっぽう血の熱い勘兵衛は、それだけのことで胸が熱くなった。

（それに、あの魚屋の仁助、名は知らぬが、棒手振の八百屋も……）

越前大野より、はじめて江戸の土を踏んでから、まだわずかに八ヶ月。この大都市に住むひとの人情に触れて、勘兵衛は心を洗われたような気分になっていた。

運び込んだ浪人のよれよれの着衣は、長助が糊の利いた浴衣に着替えさせている。

あとの看護を八次郎と長助に言いつけて、勘兵衛が深夜になって瓦町の居候先へ戻るときも浪人は、ただ昏昏と眠りつづけていた。

それまでも、ときおり熱に浮かされるのか、獣のような呻きをあげるだけで、ついに意識を回復させることはなかったのである。

ただ、浪人の身元らしいものだけはわかった。

なにか手がかりはないかと、首に巻いていた小さな包みを解いたからだ。

ほんとうにささやかな手荷物と、わずかな銭、それに一枚の書き付けがあった。

往来手形である。

それによると——。

浪人の身元は、大和国吉野天河郷《てんかわごう》沢原村の位衆傳御組で、名は百笑火風斎《かふうさい》というらしい。

(はてさて……?)

身元らしきものはわかったものの、まず名の百笑からして、どう読むかがわからない。

——ももえ、と読むのか。

勘兵衛が首をかしげ、まだ十六歳の若党である八次郎が、

——ひゃくしょう、と読むのではありますまいか。

やはり首をかしげて、

——そもそも、この、いしゅうでん、おんくみ、というのはなんでありましょうか。

——わからぬ。だが、なにやら曰《いわ》くありげに思えるな。むしろ位衆《いしゅう》、でんぎょ組と読むのではないかな。

結局、なにもわからないことに変わりはない。

はっきりしている点は、往来手形の発行元が天河郷の光遍寺《こうへんじ》という寺で、浪人は大和の吉野から、はるばるこの江戸まで出てきたのだろうということだけである。

八次郎は言った。

——それにしても、この長刀は、ものすごい代物ですね。でもって、名が火風斎、もしかして忍術つかいではありますまいか。

——いや、きっと武芸者だ。

勘兵衛は、確信を持って答えた。

——私もはじめて目にするが、こういった刀は長柄刀《ながえとう》といってな、神明夢想流の祖である林崎甚助《はやしざきじんすけ》が使ったのが三尺三寸の太刀と、九寸五分の腰刀だったと聞いたことがある。神明夢想流といえば、田宮流に繋がる抜刀術の流派だから、その流れを汲むお方のように思える。

そこまでが、昨夜のうちに判明したことであった。

で、勘兵衛が猿屋町の家に着くと、

「あ、旦那さま。おはようございます」

玄関先まで出てきた八次郎が、

「あの浪人、百笑うと書いて、どうめき、と読むそうでございます」

と、さっそく言った。

「お、すると正気に戻られたか」

「はい。今朝方に。今は長助が炊いた粥を啜っておられます」

「それは、なにより」

失神より醒めたばかりの食事ならと気遣って、勘兵衛は別間に自分の朝食を準備させた。

(そうか。百笑《どうめき》と読むのか)

珍姓である。

たしかに百人もが一斉に笑えば、まさに〈どよめく〉感じになろうな、などと考えながら、勘兵衛はゆっくり朝食を食った。

「おお、この家のご主人であられるか」

勘兵衛が部屋に入っていくと、薄縁《うすべり》に身を横たえていた百笑火風斎が起きあがった。

「無理をなされるな。まだ本復はされておるまい」

意識を取り戻したとはいえ、火風斎の動きは緩慢であった。

きのうの渋紙色の顔は高熱のせいで、熱冷ましを飲んだ今はむしろ蒼白な顔色になっていて、一目で病人とわかる。

だが、火風斎は薄縁《うすべり》を滑り下りて端然と正座をした。それから勘兵衛に深々と頭を下げて、こもごも四角張った礼を述べたのち、

「不覚にも病に倒れ、お受けしたご恩は重重承知なれど、身寄りを訪ねての旅の途次でござれば、こたびのお礼は改めてということでご勘弁くだされ」

「そんなことは気になされることはない。だが、医者が申すには、なにより静養が肝心ということでした。いましばらく、ゆっくり休養されて本復を待たれるのが、よいと思います」

「そのおことば、まことにかたじけのうござるが、なに、訪ねる先は、もう、近うござるはず。そのように、柳原土手の番所で聞き申した」

「さようか。ふむ、いずこあたりでござろうか」

「はあ、浅草鳥越の寿松院という寺でござれば」

「なに、寿松院」

この町宿から北にわずかに二、三町、まさに目と鼻の先ではないか。

するとえ火風斎は、遠く大和は吉野の山奥から遠い旅の末に、いま一歩というところまできながら、その寸前で病に倒れたことになる。

「寿松院といえば、ここより目睫《もくしょう》の間でござる。ならば無理をなさることはない。百笑どのがここにいることは、すぐにも報せますから、ここで迎えを待たれたほうが、よくはありませぬか」

「ははあ、なれば、おことばに甘えてよろしゅうござるか」

「造作もないこと。すぐに使いを走らせましょう」

「厄介をかけ申す。ではお願いをいたす」

火風斎が訪ねる身寄りとは、寿松院に間借りする新保龍興《しんぽたつおき》という者で、もし留守ならば、その妻女にこまというのがいるという。

勘兵衛はさっそく、飯炊きの長助を使いにやった。

「それにしても、凄まじい長柄刀ですね。いや、はじめて目にしました」

あれこれ穿鑿《せんさく》はすまい、と思っておりながら、つい好奇心から勘兵衛は言った。

火風斎より預かった大小は、わずかな手荷物とともに床の間に置いてある。

「ハハ……、あれでござるか」

ちらりと視線を走らせて、火風斎が軽く笑う。

「もしかして、神明夢想流に関わりがあるのでしょうか」

「ほう」

火風斎の目の窪みが、少し深くなった。

「落合さまは、どのご流派で」

「私は夕雲《せきうん》流を学びました。この江戸では、小野派一刀流を学んでおります」

「お若いのに、それは熱心な。さぞかしの腕前でござろうな」

「いえ、まだまだ未熟者です」

火風斎はほのかに微笑んだ。

こうして話しはじめても百笑は、老いているのか、それとも、まだそれほどではないのか、まるで年齢の見当のつかない茫洋とした人物である。

「たしかに……」

数拍の間をおいてから、火風斎は答えた。

「我が剣は、神明夢想流の流れを汲んでおり申す。なにしろ、師が片山伯耆守《ほうきのかみ》でございましたからな」

「ああ、伯耆流」

片山伯耆守といえば、神明夢想流の祖である林崎甚助の高弟の一人で、田宮流の祖となった田宮平兵衛《たみやへいべえ》と並んで称せられる剣豪の一人であった。

「伯耆流には〈磯之波《いそのなみ》〉と呼ばれる奥義がある、と聞いたことがあります」

「いかにも」

火風斎は、うなずいた。

「………」

(これは、いかん)

対する火風斎は、病み上がりというより、肝臓を害して、つい今朝方まで意識を失っていたほどの重病人であった。

(それをつい……)

長話に誘い込んではいかん、と勘兵衛が自分を戒めたとき、

「〈磯之波〉に、興味がおありか」

勘兵衛の腹を読んだように言う。

「はい。それは」

「礼替わりといってはは失礼だが、お望みであれば、いつでもご教示をいたすぞ」

「まことでございますか」

「奥義とはいうものの、今となってはすでに広く伝わりし技なれば、隠し立てをするほどのものではござらんのだ……なんなら今からでもかまわぬが」

「いや。それは無茶ですよ。もっと静養されたのちでかまいません。その折には、どうぞよろしくお願いいたします」

「さようか。だが、拙者に、それほどの時間が残されているとも思えぬのだが……」

すでに天命を悟ったかのように言う火風斎に、

「なにを気弱なことを言われる。栄養をつけ、静養されれば、すぐに元気になられましょう。間もなく使いも戻ってまいりましょうが、それまで、どうぞ横になっていてください」

昨夜、医師の乗庵に、この秋までは保つまい、と言われたことを胸に昇らせ、勘兵衛はいたたまれない気持ちになった。

3

やがて使いにやった長助が戻ってきた。

「どうであった」

「いえ、それが……」

長助が、首を振った。

「新保龍興という御仁は、たしかに昨年の春ごろまで寿松院にいらっしゃったそうですが、今はもう」

「なに。いずこに行かれたのか、寺ではわからぬのか」

「そうらしゅうございます。そこで手がかりはないものかと、寺男たちに聞きまわってまいりました」

「うむ」

「結局、行き先までは知れませんでしたが、新保さまには、こまさまといわれるご妻女と、龍平という男児の三人家族だったそうで。ところが、そのご妻女は、一昨年の冬に風邪をこじらせて身罷《みまか》られたそうにございましてな」

「なんと……」

そのとき次の間の襖が、からりと開いた。

「あ、百笑どの……」

襖の桟にすがるように立って、火風斎のうつろな声が響いた。

「こまが……、こまが、死んだと申すか」

勘兵衛が立ち、長助も立って火風斎を支え、

「ま、ま、話はこちらにていたしますほどに」

八次郎も飛んできて、火風斎の身体を、再び薄縁に運ぶ。

「お身寄りを訪ねて江戸に出てこられた、と聞きましたが、そのお方が、こまさまでございましたか」

「うむ……、というより、龍平……に、つまりは新保の一家じゃ」

尋ねた勘兵衛に、火風斎は力なくうなずいた。

「こま、というは我が一人娘でな」

「なんと……。それはお気の毒でございました。で、長助、ほかに手がかりはなかったのか」

「はい。ええと、こまさまは寿松院に葬られてございます」

「おう、そうなのか。で……？」

「新保さまは、なんでも、神田佐久間町にある朝比奈《あさひな》道場というところで師範をされておったとのことでしたが……」

「朝比奈道場でござるな」

火風斎に念を押されて、

「はい。そのように、聞いて、まいりましたが……」

長助の言葉尻がしぼんでいった。

「遠慮はいらぬ。聞かれたことすべて、そのまま正直にお話しいただけぬか」

火風斎に言われて、長助は救いを求めるような目を勘兵衛に向けた。

勘兵衛はうなずいてみせる。

「ところが新保さまは、ご妻女を亡くされたのが、大きな痛手になったのでございましょう。まるで腑抜けのように酒浸りになって道場にも行かず、ときには酔って乱暴をはたらくようにもなり、とうとう寺を追い出されたよしにございます」

「龍平も一緒にか」

「さようでございます。その後の行方は、寺の者たちは誰も知らないようで……」

「ううむ……」

嘆声ともつかぬ呻きを息とともに吐き出し、火風斎が肩を落とした。

「その龍平、というのは、お孫さまですね」

「愛別した折は、まだ三歳の頑是ない童《わらべ》であったが……」

ならば、いまは十歳になっていよう。

「お気を落としになられますな。まだ、朝比奈道場という手がかりがあります。手蔓をたぐれば、ほかに方法も見つかるはず。よければ、事情をお聞かせ願えませんか」

火風斎は、膝に突いた我が手をじっと見つめたのちに、顔を上げた。

「往来手形をごらんになったと思うが、吉野天河郷の位衆傳御組《いしゅうおとなぐみ》というは、まあ一種の結《ゆい》でござってな。多少の曰《いわ》くがあり申す」

「ははあ」

（そう読むのか……）

結とは、同志を集めた組織である。

「もう三百年以上も昔のことでござるが、後醍醐天皇が足利尊氏とともに鎌倉幕府を倒したのち、尊氏めの裏切りによって京に新帝を立てられたとき——」

後醍醐天皇は吉野に逃げて、亡命政権である南朝を興した。のちにいう、南北朝時代である。

「南朝四代にわたる天子さまをお守りし、お味方したのが我らの先祖、その功をもって後村上天皇より［位衆傳御《いしゅうふぎょ》］すなわち、代代天皇守護の位名を賜わったのが、位衆傳御組でござるのだが……」

途方もない話に、八次郎も長助も目を丸くして聞いている。

「我が百笑家は代代、その長《おさ》の家にあたり、拙者も若いころより武芸を磨くべく修行の旅に出て、先ほども申し上げた片山伯耆守より免許皆伝を得て故郷に戻り、さらに自らの工夫を加えて、勝手に〈百笑流〉と名づけた剣法を編み出したのでござる」

「百笑流……」

火風斎が勝手に名づけたと言うとおり、勘兵衛にも初耳の流派である。

「ま、前置きが長くなり申したが、この結には厳しい掟がございまして、いわば一子相伝、長男以外は入れぬ結でしてな」

ところが、火風斎はとうとう男児を得ることができなかった、と続く。

「生まれたるは、娘の、こま、ただ一人のみ。もはや、綿綿と続きたる百笑家も、拙者の代にて廃れることは、これまた天命。いや、そのことにもはや未練はござらぬ。未練はござらぬのだが……」

伯耆流免許皆伝という呼び声に、吉野の火風斎のもとへ、多くの弟子入り志願者が集まってきた。

「そのうちで、頭角を現わしたのが新保龍興でござった。で、新保に娘を娶《めあわ》せたのち、江戸にやることにしたのだ。それが七年前のことでござる。研鑽と工夫によって創生した我が百笑流を、できれば天下に広めてもらいたい。あるいは、娘婿が武芸をもっていずくかへ仕官が叶えば、そういったことも夢ではないと考えてな。いや、やはりのであろう。
百笑流を火風斎は娘一家に託し、新保もまた、青雲の志をもって江戸へやってきた
「いや、そのお気持ち、よくわかります」
未練でござろうな」

だが——。

その志を果たせぬまま妻に先立たれ、失意のままに新保は酒に溺れ……。

勘兵衛の胸の内に、さまざまな思いが去来する。

「実は、まだ誰にも伝えておらぬ秘剣がござってな。新保が剣をもって立ったときには、それを伝授すべく、こんにちまで、その日がくるのを、ひたすら待ちつづけておったのだが……」

「………」

「もはや、拙者には、残された時間があまりない。そのことを悟りましたのじゃ」

自らの宿痾《しゆくあ》を悟って火風斎は、その秘剣を伝えるべく、この江戸までたどり着いたらしい。

勘兵衛は言った。

「ご宿志のほど、胃の腑に染みわたるように通じてございます。そのようなご事情な

ら、これはなんとしても新保どのを探し出さねばなりませんな」

「みつかろうか」

「みつけてみせます」

「いや、しかし、そこまでご迷惑をかけるわけにはいかぬ」

「なにをおっしゃる。それでなくとも娘御のご不幸を知ったばかりでは、お力落としでもござろうし、なにより、婿どのに秘剣を伝授するためにも、今は静養を仕事と心得られ、体力を取り戻すのが肝要ではございませぬか」

火風斎は黙って頭を垂れた。

「では、わたしはさっそくにも、朝比奈道場を訪ねてみましょう」

ついてこい、と八次郎に目配せして、勘兵衛が立とうとしたとき、

「へい、ごめんなすって。魚屋の仁助でござい」

玄関先から声がかかった。

仁助は、火風斎に精をつけさせようと、一尺五寸ほどありそうな魚を両手につかんで立っていた。

「おう、見事だな。鱸《すずき》か」

勘兵衛が言うと、

「いえ、それには今一息のフッコでさあ。どうしやす。洗いにでもしましょうかね」

「そうしてもらおうか。いかほどだ」

「とっ、とんでもねえ」

仁助は、大いにむくれた。

4

向柳原を川筋沿いに昇っていくと佐久間町はある。

「いや、驚きました」

八次郎が言う。

「なにがだ」

と、勘兵衛。

「まさか今どき、南朝だの北朝だのという話が出てくるとは思いませんでした」

「驚くほどのことはない。大和は、それほどに古い歴史を抱えているのだ」

くらべて、この江戸は、家康が入府してから数えても、まだ百年にも満たない。

（ところで、藤次郎はどうしているか）

勘兵衛はその大和の国の、郡山藩に仕官が決まった弟のことをふと思った。先の便りでは、六月二日、先勝の日を選んで、故郷の大野を旅立つとのことだった。明日である。

(さぞ、今ごろは忙しかろう)

律儀な親父どののことだから、あちこちに挨拶に走りまわっておろうな、また母上も、あれこれ世話を焼いて、藤次郎にうとまれておろうな、などと勘兵衛は思った。

「このあたりが佐久間町でございますが」

江戸生まれ江戸育ちの八次郎は、地理に明るく重宝する。

まもなく和泉橋という左手の河岸に、立派な船着場があった。

土地《ところ》の人は[藤堂揚場《あげば》]と呼んでいる。すぐ北に、伊勢は津の大名、藤堂家の上屋敷があるからだ。

船着場の先に、薪《まき》屋があった。

「このあたりに、朝比奈道場というのを知らぬか」

丁稚が店先を掃除しているのに尋ねると、右手人差し指が北西を指して、

「次の角を入ると、京極さまの番所があんだ。その向かいの、関本の拝領屋敷のとこだんべ」

丁稚に礼を言って行こうとする背中から、

「関口流の道場だでよ」

声が追いかけてきた。

（なるほど……）

剣よりも、むしろ柔術で知られる関口流だが、その剣はやはり神明夢想流の流れを汲んでいる。

江戸に出た新保龍興が、そこで師範をしていたという理由も、なんとなくわかる。

だが——。

「新保？　さて」

何度めかの訪《おとな》いのあと、ようやく出てきた門人らしき若者は、首をかしげた。

朝比奈道場は、勘兵衛が通う高山道場の倍はあろうかという大規模なもので、門弟の数もよほど多そうだ。まだ昼前というのに玄関先には、稽古の音や声が破鐘《われがね》のように響いている。

「こちらで師範をなされていた、と聞いたのでござるが」

「師範を、でござるか？」

再び首をかしげた若者は、八次郎と変わらぬ年ごろに見える。

（えい。気の利かぬやつ……）

いずれは、旗本か御家人の子弟と思われるが、まだ末端の門人のようだ。

「どなたか、古参の方にお会いできぬか」

勘兵衛が言うと、ちょっと不満そうな顔になって玄関先から消えた。

しばらく待たされたのち、次に姿を現わしたのは四十代の小男だった。

「新保さんを訪ねてこられたのは、そちらか」

「はい、ご存じですか」

「知ってはおる。だが、もうここにはおらぬぞ」

「ここを辞められた、ということは聞いております。実は、その後の行方を探しております。どなたか、ご存じの方は、いらっしゃいませんか」

「ううむ……」

やや薄くなりかけた頭頂を見せて、小男はしかつめらしく唸ったのち、

「なにしろ、おそろしく偏屈な男だったからのう。あまり親しい者もいなかったはずじゃ」

「でも、この道場には、長くおられたのでしょう」

「それはそうだ。ええと、かれこれ四、五年ほどだ。それが、ぷっつりと顔を見せな

くなって、もう一年以上になるかな」

「それほど長く、師範をなさっていたのなら、どなたか、ご存じの方がいらっしゃるのではないでしょうか」

勘兵衛は食い下がった。

「なに、師範と言われたか。いやいや、新保さんは、当道場の師範などではないぞ」

「え……」

「うむ。なんと言えばいいか、いわば傭人のようなものじゃ。なにしろ当道場は門人が多うてな。師範や師範代だけでは、とても指導の手が足りぬ。新保さんは、かなりな遣い手であったから、給金を決めて代稽古をしてもらっていた……ま、正式ではないが、師範代のような、そのようなところだ」

勘兵衛にしたって、高山道場で同様なことをしている。もっとも、給金などもらっていないが。

新保には、それが生活《たつき》の糧になっていたのであろう。

「さようでございましたか」

なれば、門人とも師弟の契りは薄かったはずである。

この道場と金銭だけで繋がっていたというのなら、ある日、ぷつりと顔を見せなくなった新保を、心配する者とてなかったろう、と推測できた。

(ここでの糸は途切れたか)

と勘兵衛は思ったが、ここであきらめてしまっては、これからたぐっていく手蔓が切れてしまう。

「いや、実は、私自身、新保龍興という人物には面識もなく、どのような姿形かさえ知らぬ有様、しかしながら、ある事情があって、どうしても会わねばならぬのです。たとえば新保さんが、どのような店をひいきにしていたとか、どのような容貌であったかとか、どんなことでもかまいませぬ。ご迷惑は承知のうえでお願い申す」

勘兵衛の熱心さが通じたか、

「ううむ……」

小男は、もう一度唸ったのち、

「あいわかった。容貌のことはさておき、ほかの者にも尋ねてこようほどに、今しばらく待たれよ」

「ありがとうございます」

と頭を下げたところに、御家人ふうの侍が入ってきた。大男である。

近ごろ勘兵衛にも、服装や髷の形を見て、旗本、御家人、勤番侍などの区別がつくようになっている。

「ああ、これは大西《おおにし》どの……」

小男が伸び上がるようにして声をかけたのに、

「これは小坂《こさか》どの、毎日、うっとうしゅうござるな」

答えて、ちらりと勘兵衛を眺め、次に八次郎を見て、

「なんじゃ、小僧。わしの顔に、なにかついておるのか」

一睨みされて、

「いえ、とんでもない」

八次郎がすくみ上がった。

勘兵衛には、わけがわからない。

大西に小坂と呼ばれた小男が言う。

「実は、こちら、以前にこの道場にいた新保を訪ねてこられたのだ。で、事情があって、どうしても行方を知りたいという。なにか、ご存じのことはございませんかな」

「なに、新保の行方を探しているというか」

大西はぎょろりと目を剝いて、

「事情とはなんだ。仇かなにかか」

「そういったことではありません」

「じゃあ、なんだ」

ちょっと、気むずかしい男のようだ。

勘兵衛は、かいつまんだ説明をした。

「なに、新保はご妻女を亡くされたのか」

大西は天を仰ぎ、

「ふんっ」

と鼻息を大きくついたあと、

「ちょっと表へ出よう」

さっさと玄関を出て、門の外へ出る。

勘兵衛は、あとを追いかけた。

「ほかの者には、聞かせたくない話でな。だが、新保の舅《しゅうと》どのが行方を探している
と聞いては、話は別だ」

大西は言った。

「行方をご存じですか」

勘兵衛の胸は高鳴った。

「いや、どこに住んでいるか、今なにをしているか、しかとはわからん」

「…………」

「だが、あるいは、という心当たりならある」

「では、ぜひ、それを」

「うむ。たしか葭町《よしちょう》のあたりと思うが、「千束屋《ちづか》」という口入れ屋があってな」

「は……」

思いもせぬ名が出て勘兵衛は驚いた。

大西のほうは、そうとは気づかず、

「「千束屋」という口入れ屋だ」

もう一度繰り返す。

「はい」

「うむ、あるいは、そこで用心棒に雇われておるかもしれぬ。実は、この二月ごろのことだが、その口入れ屋が腕の立つ浪人者を探しておってな。それで、新保を推薦しておいた」

勘兵衛は、あっと思った。

心当たりがある。

だが「千束屋」政次郎《まさじろう》は、その浪人者に用心棒を断わられたはずだった。

だが、その浪人者が、ほんとうに新保であるかどうか――？

念を入れておこうと、勘兵衛はさらに尋ねた。

「もし「千束屋」にて知れぬときは、ほかに手がかりはございませぬか」

「さよう……」

大西はしばし考えたのちに、口を開いた。

「新保の外聞に関わることゆえ言いたくはないが、実は見かけたことがある。回向院の境内にて、大道芸の真似ごとをしておった。いや、これは、事情が事情ゆえに明かすのだ。他言は無用にしてもらいたい。わしも、気づかなかったふりをして、その場から立ち去ったゆえにな」

「承知いたしました。決して口外はいたしません」

「うむ、頼んだぞ」

言うだけ言うと、大西は踵を返し、再び朝比奈道場に消えた。

その後ろ姿に一礼して勘兵衛は、

（やはり、そうか）

かつて秘命により勘兵衛が、山路亥之助を討つべく、その行方を追っているころ、ひょんなことから［千束屋］政次郎と知り合った。

その政次郎は商売上の軋轢から命を狙われ、腕が立つ浪人を用心棒として雇おうと奔走しているとき、耳にしたのが回向院の浪人であった。

一人百文で木刀を渡し、自らは目隠しをして、これを打たせる。見事に打てれば賞金一両、といった商売をしている浪人である。

その浪人に政次郎は用心棒を断わられていたが、勘兵衛にはそれが、山路亥之助の消息を知る手がかりのひとつとなったことがある。

（世の中は狭い）

つくづく、勘兵衛はそう思った。

と同時に、そのような商売をしている新保を思いやる、大西の心情にも触れたような気がする。

「回向院へ行くぞ」

「はい」

八次郎とともに、今度は向柳原を大川のほうへ歩きはじめたとき、ぽつりと雨が落ちてきた。

「あ、旦那さま」

二本抱えてきた唐傘の一本を、八次郎が手渡してくる。

「ところで八次郎」

傘を開きながら、勘兵衛は尋ねた。

「先ほど、大西どのに一喝されておったが、なにかあったのか」

「あ、あれには肝が縮みました。実はあのとき、つい笑うておりまして」

「なに、笑った。どうしてだ」

「はい。あの小男の名が小坂で、大男が大西と聞いて、なるほど名は体を表わすものだ、などと思ったら、つい笑うてしまったのです。申し訳ありません」

「変なことに、気づくやつじゃ」

言いながら勘兵衛も、つい笑った。

5

雨は、いよいよ激しくなった。

西両国の茶漬け屋で中食をとり、勘兵衛と八次郎は、しばしの雨待ちをした。

このような降りでは、回向院での大道見世物は商売にはならぬだろう。

やや小止みになったのは、そろそろ八ツ（午後二時）に近かった。

「では、まいろうか」

両国橋を渡って入る国豊山《こくぶさん》無縁寺回向院は、五千坪を超える寺域を持つ。明暦の大火で焼死や水死をした、十万八千人の無縁仏を冥魂追福《めいこんついふく》するために建立された寺だから、創建より、まだ十七年を経たばかりだ。

表門から本堂まで、真っ直ぐに敷石の参道が続く。

右手には大きな蓮池があり、池の向こうには一言《ひとこと》観音の堂がある。だが人影はまばらだ。

左手には鐘楼があり、茶屋が寄り合って続く。雨を逃れた人人で、床几はどこも一寸の隙間もない状況になっていた。

勘兵衛は注意深く、それらの茶屋客を物色して歩いたが、新保龍興らしい浪人者をみつけることはできなかった。

なにしろ五千坪は広い。

およそ半刻ほどをかけて……。

堂宇の裏や方丈の片隅まで探したが、やはりみつからぬ。

「梅雨の間は商売にならぬので、休んでおるのではないでしょうか」

「そうかもしれぬ」

八次郎が言うのに勘兵衛は答えたが、まだ確かめてみる手はあった。

この広い境内には、さまざまな大道芸人が集まってこようが、新保のそれは、なかでも目立った商売に思える。

そこで茶屋を一軒一軒尋ねることにしたのだが、最初の一軒で早くも反応があった。

「ああ、あの目隠し剣術屋さん」

商売柄か軽い流し目で、襷《たすき》がけの茶屋女が答える。

「ご存じか。きょうは見えぬようだが」

「あれま、あの騒ぎをご存じないのかえ」

「どんな騒ぎだ」

「もう、よってたかっての袋だたきにあったんだよ。あれ以来、ぷっつりお見えにならないが、ご無事なんだろうかね」

「いつのことだ。もう少し詳しく聞かせてくれぬか」

勘兵衛は、茶屋女の手に小粒を握らせた。

それによると――。

新保は、本堂の右手にある馬頭観音前の広場を商売地に選んでいたそうだが、半月ばかり前の五月半ばに、やくざたちに取り囲まれて、殴る蹴るの乱暴を受けたという。

「こりゃ、近くで見ていた水飴売りの話だけどね」

新保が目隠しで、木刀で客に打たせるという商売には、ひとつだけ決まりごとがあった。

それは、相手が打ち込む回数は一度きり、というものであったのだが、なかには乱暴者もいて、二の太刀、三の太刀と打ち込んでくる者もいた。

そんなとき新保は、目隠しを取り、手にした木刀で相手を打ち据えてのち罰金を科する、といった手荒い返礼を見舞ったそうだ。

「水飴売りが言うには、その手でやられたやくざ者の意趣返しだったらしいよ。はなっから、そのつもりだったんだろうね。客になりすましておいて、剣術屋さんが目隠しをしたところで、見物人を装っていた仲間たちが、一斉に襲いかかったっていうから、ひどいじゃないか。そのうちには、浪人者も混じっていたそうだよ」

憤懣を吐き散らすように、茶屋女が一気にしゃべる。

「うむ。それはひどいな。で、どうなった」

「どうなったもなにも、剣術屋さんは手にした木刀であらがったそうだけど、ひととき にかかられちゃ、どうしようもないじゃないか。さんざん殴ったり蹴ったりしたあげくに、さっさと引き上げていったらしいよ」

「で、怪我の具合は、どうだったんだろう」

「そりゃあ、大怪我だ、と思うけど……、あれから姿を見なくなったもの」

ちょっと自信のなさそうな口調になる。

「その剣術屋の住まいがどこか、知ってはいまいか」

「知らないねぇ。でも、やくざ者のほうならわかるよ。［般若面《はんにゃめん》の蔵六《ぞうろく》］って嫌われ者の身内だったって、誰かが言っていたもの」

「般若面の蔵六……」

「霊岸島《れいがんじま》あたりに巣くうゲジゲジ野郎よ。よくは知んないけど」

あとしばらく界隈を聞きまわったが、茶屋女の話を上まわる情報はない。

（この手のことになると……）

やはり［千束屋］政次郎の手を煩わす以外にないか――。

割元《わりもと》の政次郎は、江戸の顔役の一人である。

（しかし政次郎どのには、借りばかり作っておるしな）

一度助けたことがあるだけで、その後は世話のかけっぱなしだ。

その点に、勘兵衛は気後れのようなものを感じる。

勘兵衛が迷っていると、八次郎が言った。

「斬られたり、突かれたりしたわけじゃないんで、怪我といってもたいしたことはないのでは。それにもう半月前のことですから、傷も癒えるころだと思われますが」

「骨でも折れていれば、どうだろう」

「しかし、生活《たつき》のこともありましょうから、そういつまでも、というわけにはいかぬでしょう。もう姿を見せてもよいころかと思います」

「そうかもしれぬな」

「なんならしばらく、わたしがここに通って聞き込んでみましょうか。案外、住まいを知っている者をみつけることができるかもしれません」

「じゃ、そうしてもらおうか」

このあと、勘兵衛には予定があった。

毎月一日は、田所町の料亭［和田平］において、恒例の寄り合いがある。ちょうど、きょうにあたる。

集まるのは勘兵衛を入れて、わずかに三人だけの寄り合いだ。

まだ内紛の続く大和郡山藩に関連して、互いに密約を交わした内密の会合だが、都合が悪いときは、無断で欠席してもよい約定になっていた。

（だが、きょうは、どうしても出向かねばならぬ）

その縁で、弟の仕官が決まった。

その弟が、明日には大野を発つと報らせてきたから、十五日ごろには、この江戸に到着する。

そのときの手はずやらなにやら、尋ねておきたいことが、いっぱいあるのだ。

「よいか。百笑どのには、きょうのことは内密にいたせ。道場にては行方がわからず、別の線から心当たりをあたっている、という程度の説明にしておくのだ」

勘兵衛自身は、稼業に貴賤はないと思っている。

しかし、新保の消息を教えてくれた大西のように、今の新保の稼業を恥と考える人もいる。

百笑流を世に広めてほしい、と願って旅立たせた新保が、大道芸で飯を食っていると知れば、百笑火風斎は悲しもう。

両国橋上で、雨は上がった。

浅草橋御門のところで八次郎と別れ、横山町、通塩町と勘兵衛は進む。周囲にはずっと町家が並ぶ。

曇天のため、時刻が測りがたい。［和田平］には暮れ六ツ（午後六時）ごろと、だいたい決めてある。

通油町の角に炭屋があって、丁稚が軒行燈に灯りを入れているところだった。

その角を、南に折れるとすぐに浜町堀の堀留がある。

曇天を映して黒ずんだ水が、たぷたぷと揺れていた。

（あれは二月の……）

六日だったか、と勘兵衛は記憶をまさぐる。

四ヶ月ほど前であった。

堀端で斬り合いがはじまっていた。

そのときが、［千束屋］政次郎との出会いである
（あの出会いがなければ――）

未遂に終わり、世間に知られることなく葬られた大事件があった。

大和郡山藩、参勤交代の大名行列を襲撃しようという、未曾有の暗殺計画である。

真の首謀者は判然としないが、実行役は元大野藩の山路亥之助、勘兵衛が密殺の指令を受けた相手だった。

襲撃計画は、勘兵衛たちの働きで未然に露見して、亥之助は再び行方をくらませてしまっている。

そして計画を突き止めた功労者は、誰あらぬ「千束屋」政次郎であった。

だが、その功績は誰に知られることもない。

片や勘兵衛のほうは、老中の稲葉美濃守正則の知己を得たり、思いがけずも弟の仕官の口を得たりと、一身に冥加を受けたような心地がする。

勘兵衛の「千束屋」に対する遠慮《はばかり》も、そういったことからだろうか。

（いや、それだけではないな）

勘兵衛は、ふと立ち止まり、いよいよ光を失っていく堀の水を見つめながら、苦笑した。

政次郎には、おしずという十七歳になる一人娘がいる。

（どうも、様子がおかしいのだ）

なにがおかしいかといって、政次郎は勘兵衛が訪ねていくと近ごろ、なにかと、おしずと二人きりにさせようとする気配がある。

それが、どうも面はゆい。

それに、おしずを見ると、どうしても園枝《そのえ》のことを思い出してしまう。

おしずとは年ごろも、どこか容貌も似ている園枝は、親友、塩川七之丞《しおかわしちのじょう》の妹である。

初恋の相手であった。

（園枝どの……）

急に胸が締めつけられるような感覚が這い上ってきて、勘兵衛はうろたえた。

七之丞に頼まれ、園枝に手紙を送って二ヶ月ほど経つが、どのような表情で読んでくれただろうか。

遠い故郷の、白い面影を心にのぼらせながら、勘兵衛は心の乱れを収めるように、しばらく堀端に佇んでいた。

深川猿江村

1

［和田平］には勘兵衛が一番乗りだった。

堀端で少し時間をつぶしてきたのだが、やはり少少早かったようである。

二階座敷に上がってまもなく、石町《こくちょう》の鐘が暮れ六ツを報せた。

鐘を合図のように女将の小夜《さよ》が、酒と料理膳を運んできた。

素朴な黒皿に、白身の薄造りが盛られている。

色の対比で、薄くそがれた白身が、つややかな色合いをかもしだしていた。あしらいに、一寸ばかりに切り揃えられた分葱《わけぎ》と紅葉おろしが、たっぷり添えてある。

「分葱と紅葉おろしを刺身で包んで、こちらの柚《ゆ》醤油でどうぞ」

「もしかして、これはフッコか」

「まあ、ようご存じやこと。上方では、ハネと申しますんやが、こちらでは、はい、フッコというそうでおますな」

「さようか。いや、つい最近に教えてくれる人がいてな。まだ、食したことはないのだが……」

火風斎は、仁助が届けてくれたフッコを食っただろうか、と思う。

「これは、うまい」

ほんのりした甘みが口中にひろがり、薬味と相俟って、いかにも酒が進みそうだった。

酒も井戸水で冷やしたか、すっきりと冷たい。暑気払いには、もってこいの取り合わせである。

勘兵衛が、この店での会合を楽しみにしているのは、ここの料理と酒のためだ。

そうこうするうちに、別所《べっしょ》小十郎《こじゅうろう》がやってきた。

別所は、大和郡山藩本藩の本多中務大輔《なかつかさたいふ》に敵対する、分藩の本多出雲守の家中だが、実は諜者の使命を帯びている。

これまでにも出雲は中書（中務大輔）を亡き者にしようと、さまざまな画策をしてきたが、それを阻止すべく働いている。

「やあ、うまそうだな」

挨拶もそこそこに、勘兵衛の膳を覗き込んだ別所に、

「ちゃんと取り分けておりますよってに、もうちぃとの辛抱だっせ」

大坂で生まれ、大坂で育った小夜が、上方のことばで柔らかくあしらう。

「近ごろ、道場にお見えになりませんな」

別所も同じ高山道場なのだが、しばらく顔を見せない。

「うん、そのことだ」

勘兵衛の酒茶碗を取り上げ、さっそく飲み干してから、

「ふむ。うまい」

返杯して、酒を注いでから言った。

「実は、近く国許に戻ることになってな」

「なんと……」

勘兵衛は驚いた。

「元もと、江戸詰は一年の予定だったのだ。それがはや三年……、ようやく妻子に会える」

「ああ、それは、お楽しみでござろう。しかし……」

勘兵衛には、ある懸念があった。

その視線の意味に気づいたか、三十一歳の別所はふてぶてしく笑い、

「いや、それはない。案じられるな」

諜者であることが露見したのではない、と言いきった。

「それなら安心でござるが……」

「短いご交誼であったが、楽しゅうござった。なに、故郷《くに》に帰ったとて、変わるものではござらん。もし熊鷲《くまわし》の顔でもみつければ、真っ先にお知らせ申すほどに」

熊鷲というのは、大野藩から逃亡した山路亥之助が、本多出雲の屋敷に匿《かくま》われてのちの変名である。

「よろしくお願い申す」

なるほど、中書の襲撃に失敗した亥之助が、大和郡山に逃れた可能性は大いにある。

「ただ……」

別所が言った。

「ここのうまい酒が、もう飲めぬというのが、まことに残念でござる」

二人こもごも話しているうちに、別所の食膳とともに日高《ひだか》老人もやってきた。

日高信義《のぶよし》は、中務大輔家の国家老、都筑惣左衛門《つづきそうざえもん》の側用人である。

「やや、もはやご両人ともお揃いじゃな。いや、こう蒸し蒸ししては、どうもたまらんの。ふぐりにまでカビが生えたか、痒うてたまらんわ。いや、たまらん、たまらん」

駄洒落を連発したあげく、

「いいかげんになされませ」

別所の膳を整えていた小夜に叱られた。

年齢は知らぬが、このふざけた日高老人、実は小夜の父親である。かつて大坂時代の妾腹の娘、だそうだ。

「四角どのが、今度、お国帰りなさるそうです」

四角とは、別所の符牒である。

壁に耳あり、ではないが、内密の寄り合いだから、互いの名は符牒にしようという日高の発案で、勘兵衛が丸、日高は三角ということになっている。

もっとも会合の日には、女将が二階座敷に他の客を入れぬので、ほとんど遊びのような符牒ではあったが……。

「ほう」

驚くかと思ったが、日高老人はさほどでもなく、小夜が次の膳の支度に出ていくのを見送ってから、

「実はの、拙者も近く、大和郡山にまいるのじゃ」

「えっ、それは……、いつからでございますか」

二人とも、郡山へ行ってしまうのか、と勘兵衛のほうが驚いた。

「さあて……の」

日高老人は、いたずらっぽく笑い、

「ところで御舎弟は、月半ばに江戸に到着されるとか、先ごろ御父君より、丁重な手紙をいただいたのじゃ」

「ああ、そのことでございました」

勘兵衛が座り直して威儀を正すと、

「四角張られるな、丸どのは、丸うなられたままでよい」

にこにこ笑う。

「あ、はい。藤次郎めは、明日あたり大野を発つとありましたゆえ、順調にまいりますれば、そのころには到着いたしましょう」

越前大野から江戸までは百三十余里、およそ十三日間の道程であった。

「さようか。なに、久方ぶりの対面じゃ。つもる話もあれば、江戸の見物もさせてやりたいじゃろう。急がれることはない。ゆっくり語られよ。我が主人も、そう申しておる」

日高老人の言う主人とは、都筑惣左衛門のことである。

(はて……?)

勘兵衛が、日高老人の言った〈江戸見物〉ということばに引っかかっていると、

「すると、拙者が大和郡山に発つのは、今月も終わりになってからのことになろうかの。いや、いや、暑い盛りじゃ」

「ええと、三角どの」

日高の出発は、藤次郎の江戸到着を待って、というふうに聞こえる。

「さよう。実は丸どのの御舎弟とご一緒に、郡山までな」

「あ、さようで……。わざわざ藤次郎のために、でございますか」

日高老人が案内する、というのもおかしな話である。

「いや。これには子細がござってな。おいおいに話そうほどに、まずは飲み食いいたそうぞ」

自分の膳を運んできた女将の小夜に、もっと酒を運べと日高は言った。

（子細……？）

さて、どのような子細か。

差し障りのない世間話になった。

二の膳、三の膳と運ばれる間、勘兵衛は待った。

日高老人が、弟との大和郡山行を直截《ちょくさい》に話さぬのには、なにか理由がありそうだ。

そう考えると、ついつい勘兵衛は寡黙になっていく。そんな勘兵衛に、

「ま、ま、一献」

銚釐《ちろり》を手に、膝でにじり寄ってきた日高が酒を注ぎながら、

「ところで、御舎弟の役職が決まり申したぞ」

「さようでござるか」

「うむ。まずは目付見習でござる」

「ははあ、目付見習……」

「さよう。将来は正式の目付に任用されるであろうな」

目付は監察の役目である。

「それは、有り難き幸せに存じます。ですが……」

目付というのは、なかなかの重職であった。

藤次郎に約束された俸禄は三十石、勘兵衛の大野藩六万石においても、そんなに小禄の目付はいない。せいぜいが徒目付の階級であるはずだ。

ましてや大和郡山藩は、十二万石の大大名である。

「お疑い召されるな。見習いの期間が、どれほどのものになるかはわからぬが、目付に登用の際は増禄があろうと、我が殿が申される。あとは御舎弟の働き次第じゃ」

「それはまた、重ねて有り難き幸せに存じます。されば、さぞ、むずかしき御指図でもありそうですな」

「ハハ……相変わらず、鋭いのう」

日高老人は、楽しそうに笑った。

そして――。

「というて、危険な役柄ではござらぬゆえ、そのご心配は無用。なにしろ、この爺ぃとともに動いていただくことになろうゆえな。子細というは、そこのところよ」

「いえ、決して心配などは……。お役柄についても、お聞きはいたしますまい。お召し抱えのうえは、藤次郎はすでに別家……もはや独立した存在でございますゆえ」

兄とはいえ、勘兵衛が口を挟む問題ではない。

「おう、そう、そうであったな」

　勘兵衛に正論を吐かれて、日高老人は出鼻をくじかれたような表情になった。その顔が、もっとしゃべりたかったのに……というふうにも見える。

（あ、これはまずった）

　思ったとたん、次のことばが出た。

「しかしながら、これは兄としてお願い申す。どうか弟のことを、よしなにお引きまわしくださいますように」

「うむ。まかしておけ。実のところ、わしも思いがけず、御舎弟とともに働けることになって嬉しいのじゃ。老骨に鞭打って、一働きする所存でござる」

　張り切っている。

（しかし……）

　日高老人は江戸家老の側用人だから、中務大輔家にとっては陪臣にあたる。その陪臣と藤次郎が一緒に働くというのも、おかしな話であった。

　そこに、どのような子細が隠されているのであろうか。

（なに、いずれ、出るであろう）

　勘兵衛は、そう予測した。

　果たして――。

「ところでな」

日高老人が、鼻をうごめかせた。

「つい先だってのことだ、国許より、おもしろい報告が届きましてな」

「…………」

こういうときは、黙って拝聴するにかぎる。

「中書政長さまにおかせられては、四月につつがなく国入りをなされたが、その途次の根府川道で、おもしろきことがあったそうだ」

「ははあ、熱海への途中でござるな」

「さよう、さよう」

根府川道は、小田原より熱海へといたる道である。

中務大輔政長は参勤交代で国へ帰る途次に、熱海で湯治を幕府に願い出て、これを許されていた。小田原で大名行列を縮小し、政長が熱海への道へ分け入ったのが四月十日のことである。

熊鷲こと、山路亥之助を首領とする雇われ猟師や浪人が、弓鉄砲で待ちかまえ、これを討たんとしたのが、先に未遂となった事件であった。

「なんでも江《え》の浦《うら》村というところの先に、長坂と呼ばれる、くねくねとした急坂があるそうで、途中、伊豆の海が豁然《かつぜん》と開ける風光絶佳の場所があるそうでな。行列が、そこを通過しようとしたとき、供のうちより——殿、まことにすばらしき眺めにござりますぞ。御駕籠よりお出ましあって、ひとときご覧じあそばしてはいかがか——と、声をかけたる者があったそうだ」

「ははあ……」

勘兵衛がうなずくと、

「な、おもしろき話であろう」

「まことに」

「しかもじゃ」

握った酒茶碗の中身をぐびりと飲み、日高老人は続けた。

「殿を駕籠より誘い出したは、二人いたそうじゃが、二人が二人とも、海とは反対の山崖のほうを眺めて、きょろきょろしたというのだ」

「なるほど、なるほど」

それは、いかにも怪しい。

駕籠よりおびき出した中書を、弓鉄砲で狙う。かねて決められた襲撃地点であった可能性がある。

日高と勘兵衛のやりとりが佳境に入ったそのとき——。

「や、や、やっ！」

別所が奇妙な声をあげて、割り込んできた。

「それがしには、一向に見えてこぬ話、さてはお手前がた、なんぞ、隠しごとをされてはおらぬか」

思わず勘兵衛は、日高老人と顔を見合わせたのち苦笑した。

実はその一件、別所だけは、とうとう知らぬままにきたのである。

「すまぬ、すまぬ。別に他意あってのことではないのじゃ。まさに秘中の秘でござってな。下手《へた》を打てば、藩ごと吹き飛ぼうかという一大事であったのじゃ」

今だから言えるが、と断わって日高老人がかいつまんで説明したが、

「やあ、それは存知もよらず」

別所は大いにむくれた。

「許されよ。いや、四角どのが国許に帰参されるとなると、なおのこと、ぜひにも協力を願わねばならぬこともござるのだ」

「さて、やつがれごときで、お役に立てましょうかな」

皮肉たっぷりだ。

「頼りにしており申す。なにしろ我が家中に巣くう獅子身中の虫らしきものが、道因《どういん》親子以外にも見つかったのでござるからな」

中書政長の近習である医師の片岡《かたおか》道因と、その子の太郎兵衛《たろうべえ》は、過去のいきさつから、ともに敵方の本多出雲側から送り込まれた刺客ではないかと疑っているが、どうしても尻尾を出さないでいる。

「お、するとなんでござるか。中書さまを駕籠より誘い出したる二人というのは、道因親子ではないのでござるか」

別所が興味を示した。

「さよう。ともに中書さまの御小姓で、一人は天神林藤吉《てんじんばやしとうきち》、もう一人が四月朔日三之助《はたすきさんのすけ》という」

なんとも変わった名だ、と勘兵衛は思ったが、

「やあ、それなら聞いた名でござる。天神林というは、十年ばかりも前、まれなる美童と、郡山にて評判をとりたる者ではござらぬか。そのころの名は、たしか……小吉《こきち》？」

別所が言う。

「それ、それ。そやつよ。まだ中書さまが部屋住みのころ、城下の一夜松天神の祭り

に出かけられた折、小吉に目を留められ、小吉と一緒におった兄貴分が三太《さんた》というて、ともに稚児小姓として召し出したそうじゃ。その日が四月一日だったので、中書さま御自ら、そのように名を与えられたと聞いた」

「なるほど……、いや、しかし……」

別所が首をかしげる。

「さよう。天神林は、今も中書さまが、もっとも溺愛されておる尻小姓でござる」

小夜がおれば、またまた柳眉を逆立てるようなことを日高が言った。

「おそらくは、どこぞの百姓の小せがれ。それが中書さまにはご恩こそあれ、あだなす理由が、とんとわからぬ。十年前といえば中書さまも、まだ部屋住みにて、鬱鬱と過ごされておられたころ、よって両人の身許も詳しくは調べなんだそうな。そこのところを、はっきりさせねばならぬのだ」

なるほど、藤次郎の当面の役目はこれか、と勘兵衛は合点がいった。

幸い藤次郎なら、城下で顔を知る者はいない。また日高老人も陪臣ゆえに、さわりが少なかろう。

（はてさて……）

勘兵衛は御供番として江戸に赴任しながら、いかなる運命のいたずらか、まるで御役とは関わりのない仕事をしている。
(そしてまた……)
弟もまた、目付見習にしては図《ず》はずれな役目を命じられようとしている。
兄弟揃って、通常の勤番侍とは異なった天地に身を置くのであった。
(藤次郎に……)
どのような説明をすればよいものか。
(いや、それすらできぬのだ)
あの事件に関して……。
――かたくその胸に秘して、たとえ親兄弟といえども口外せぬこと。
と、江戸家老の間宮定良《まみやさだよし》から、勘兵衛は直《じき》じきに釘を刺されているのであった。
(くそ、今宵は、とことん飲んでやる)
勘兵衛は、複雑な思いであった。
「となると……」
日高老人が言った。
「この会合も、今宵が最後じゃ。ちと、寂しいのう」
(そうだった……)

「ま、いずれはまた江戸に戻ってくるが、それまでは、丸どの一人だ。お見限りなく、ここを使ってくだされや」

「もちろん、ときどきはまいります」

これまで「和田平」の酒食は、この日高老人持ちだった。

勘兵衛が来ても、女将の小夜が金を受けとろうとしないので、かえって来にくくなっている。

(きちんと、料金さえ受けとってくれれば……)

ぜひにも通いたい店であったのだ。

2

三日がたち、四日が過ぎても新保龍興の手がかりは、なにもつかめなかった。

その間、百笑火風斎は驚くべき早さで体力を回復しつつあった。

昨日には長助の案内で、寿松院にあるという、こまの墓供養をするほどになった。

寿松院・無量寺は、浄土宗鎮西派の寺で、京都知恩院の末寺にあたる。

「もはや、これ以上のご厄介になるわけには参らぬ。そろそろお暇《いとま》をいたしたい」

その日、勘兵衛がいつもどおり猿屋町へ行くと、すでに身仕舞いをすませて、火風斎が言った。伸び放題だった髭もきれいにあたられ、月代も青青としている。

きょうも回向院に向かったらしく、八次郎は留守だったが、飯炊きの長助の様子がおかしかったのは、このためであったらしい。

「いや、それは……」

火風斎の語調が決然としたものだったので、勘兵衛はたじろいだ。

「その前に、かねてお約束の〈磯之波〉、型だけでもお見せしようと、かくお待ち申しておりました」

「それは願ってもないこと。ですが何度も言うようですが、遠慮は無用に願いたい。きょうも八次郎は新保どのの行方を求めて、心当たりを探しております。健康のこともさりながら、江戸に不案内なあなたさまでは、これはどうにもならぬことかと思われますが」

勘兵衛は、火風斎を思いとどまらせようと、これ説得につとめた。

ついには――。

「では、こういたしましょう。あなたさまが、ここに滞在する間でよろしゅうございますから、私に百笑流をご教示くださいませんか。ぜひとも、そうお願いしたい」

「む……」

どうやら、この一言が効いたらしい。

なにやら、無理矢理に飲み込むような表情を見せたあと、火風斎がうなずいた。

「落合どのは、人を斬ったことがござるか」

「あ、いや……」

実は一度だけある。

あれは一年前、春まだきの二月のことだった。

故郷花山峠下の国境の村、計石《はかりいし》村で、父への刺客となった無外流居合の周平《しゅうへい》と闘ったときだ。

(あれなど、斬ったことにはならぬな)

勘兵衛の剣が周平の二の腕を傷つけ、次は峰打ちで肩を砕いただけにすぎない。

勘兵衛は、そのことを正直に告げた。

「真剣にて立ち合われたことがあるなら、それにて十分」

「…………」

「まず最初に申し上げておきたいのは、我が剣の本源は、人を斬るためのものでござる。だからして、竹刀や木刀の稽古にては、その真価は理解しがたいと心得よ」

「はい」

火風斎は、例の長柄刀を持ち出してきた。

「このとおり、我が剣は柄頭が一尺、刃渡りは三尺一寸、柄《つか》の長さは通常より二寸ほど長い」

勘兵衛はうなずいた。

「我が師の教えに、柄に八寸の徳、見越しに三重の利、というのがござる」

火風斎が続けたところによると――。

柄が二寸長い分切っ先に益があり、間合いも二寸長くとれる。また敵と斬り結んだとき、二寸早く届き、敵からは身体が二寸遠のく。以上四つの益をもって、八寸の徳だというのである。

「次に、敵と掛け合わせるとき、この長柄をもって上段に構えると、下より見上げるに切っ先は遠く、こちらよりは見下ろすかたちになり申す。また柄の長きゆえに間合い遠く、進まざれば斬るあたわずという点も、一利あり。こちらにては間合い近ければ、進まずといえど彼に達する。以上、勝負の未だ決せぬ以前に三重の利があるのでござる」

理屈ではそうであろう、と勘兵衛は思った。

「さらに、その伝でいけば、刀身も長ければ長いほど有利でござる。もっとも、使いこなせればの話ではあるがな。我が師にも、手にかないなば、いかほどにも長きを用いるべし、と教えられた」

「それで、三尺一寸ですか」

「あくまで背丈との均衡だ。だが、それだけではない。元もとが神明夢想流は抜刀術でござる。鞘走らせたのちに斬り下ろす。その速さこそがすべてでの。流祖の林崎重信先生は、林崎明神の神夢を得て三尺三寸の太刀を伝授されたというが、好きこのんで、それにあやかっておるわけではござらん。さまざまな剣を試したのちに、この長さと重さが、我には合っているというだけのことだ。要は、最も早く斬り下ろせる刀を選んだにすぎぬ」

なるほど、自分に合う刀を探すというのは大切なことかもしれぬ、と勘兵衛は思った。

「ところで、落合どのの剣じゃが、拝見したところ二尺五寸というところでござろうか」

「二尺四寸五分です」

元服の折に、父が無理をして買い整えてくれたものであった。

「さようか。落合どのの背丈からすると、いささか短いように思える。せめて二尺七寸はほしいところだ」

「肝に銘じておきます」

「では、まず、〈磯之波〉の型をお見せする前に、我が抜刀術をごらんいただこうか」

猿屋町の町宿には、鳥越川に面して小広い裏庭がある。

「あまり、無理はなさいますな」

庭土を湿らせて、小さな雨が落ちている。梅雨明けには、まだ十日ほどかかりそうだ。

「ご懸念は無用」

火風斎は三尺一寸の長刀を無造作に腰に差すと、庭に下り立った。

風はない。

雨のせいで、いつもなら聞こえる童たちの声もない。

庭と川とは、竹の小枝の大徳寺垣で遮られているが、梅雨を集めた川の水音だけが聞こえてくる。

庭には数本の樹木が植わっているが、そのうちの李《すもも》の木に火風斎は向かった。

さして、構えたようなふうはない。

ただ、火風斎の左手が腰の鍔元をやや持ち上げたように見えたとき——。

「やっ！」

低いが、ずん、と響く気合いとともに、三尺一寸が抜き放たれて曇天に一閃した。

（速い……！）

瞬きも忘れて瞠目した勘兵衛の目前では、刃先を斜め下に向けて、火風斎は、ぶん、と血振りをくれたあと、白刃は、静かに鞘へとおさまった。

「こられよ」

声に近寄ると、火風斎は李に近づいて、一点を指さした。

「ここを斬り申した」

（え……）

斬った、と言うが、木の葉一枚として落ちてはこなかった。

葉陰にとまった、雨滴の一粒としてこぼれはしなかったはずだ……。

目を凝らして、火風斎が指さす先を眺めて、

「おう」

勘兵衛は嘆声をあげた。

地上より五尺ばかりの高さのところから、一本の枝が斜め上に伸びている。

その枝には、薄桃色に色づきはじめた実が並んでいた。

その一つが……。

果肉の半ばを断ち割られていたのである。

（おそるべし）

「人を斬るとき――」

呆然と、一筋の傷を残した果実に見入っている勘兵衛に、火風斎は言った。

「剣の、どの部分で斬るかは、その場その場の成り行き次第。されど、我が百笑流の目指すは、ただひとつでござる。それは……」

すらりと、再び鞘を出た長刀が、水平に勘兵衛のほうに伸びる。とっさに、勘兵衛は半間ばかりを飛び退いた。

「おう。見事な足さばきじゃ。さぞご修練を積まれたのであろうな」

そこに殺気は少しもない。泡を食った自分を勘兵衛は恥じた。

改めて、雨中にてもきらめく刀身を眺めると、

「斬るは、刃先五分（一・五㎝）のみ、すなわち鋩子《ぼうし》にて人を倒すが真骨頂」

「鋩子にて、ですか」

鋩子とは、剣の切っ先にある三角形の波紋のことだ。刀工の技量が最も現われると

ころで、刀工の流派により形状も変わり、帽子とも呼ばれる部分だ。

「さよう。だからして、傷は浅い。浅くはあるが、それにて致命の傷を与える」

「すると……」

思わず首筋を押さえた。

わずかに五分の深さで致命傷を与えるとなると、頸動脈を断ち切るほかないではないか。

はっと気づいて、もう一度、李を確かめた。

地上五尺――。

李を人間に見立てれば、まさに首のあたりに位置する。

「たのもしい、お弟子じゃ」

ここにきてはじめて、火風斎は楽しげな声を出した。

火風斎が演じる《磯之波》を玩味《がんみ》したあと、勘兵衛は八次郎に火風斎の着替えと、熱い茶を命じた。小雨とはいえ、濡れた衣服では心配だった。

その茶を一口啜り、

「落合どの。婿についてなにを隠しておられる。なにを聞いても驚きはせぬゆえ、どうか、正直に答えられよ」

真っ直ぐに勘兵衛を見て言った。

あれほどの剣の達人である。八次郎に言わせたごまかしなど、とっくに見破られていることを勘兵衛は悟った。

坦坦と、事実だけを語った。

「さようでござったか」

火風斎は小さくうなずき、あとは無言だった。

3

その日も九ツ半（午後一時）を過ぎたころ、勘兵衛の姿は傘の花開く、人形町通りにあった。

吉原町旧地にできた堺町や葺屋町に芝居小屋があって、そこの見物人を目当てに、土産物の人形を売る店が多いため、そんなふうに呼ばれている。

路地裏を入れば、芝居者が多く住む土地柄だ。

南東に通りを辿っていた勘兵衛が稲荷道のほうに、ひょいと曲がった。

曲がった角は庄助屋敷といって、将軍家御用商人の小倉庄助《こくらしょうすけ》という者が、なんらかの功あって拝領した屋敷だという。

その庄助屋敷の一角に、駄菓子屋が寄り集まっている。金太郎飴だの、朝鮮飴だの、江戸八百八町をまわる流し売りたちの供給元だそうだ。

その一軒で、勘兵衛が〈大納言小豆《あずき》の砂糖煮〉というのを買っていると、

「おやあ。さては女への土産かい」

道から、声をかけてきた者がいる。

見ると、竹下《たけした》少年であった。

のちに芭蕉門下で其角と名乗るこの少年、竹下侃憲《ただのり》といういかめしい名で、さる藩医の倅であった。

まだ十四歳だが、悪所には入り込む、酒はかっ食らうの、とんでもない不良少年である。

きょうもきょうとて、思いっきり派手な衣装だ。銀色地の着物は、肩から前後の身頃にかけて、枝垂《しだ》れ桜の枝がひろがり下り、淡紅色の花びらが裾に向かって華やかに舞い落ちている。

手にした唐傘までが、極彩色の蛇の目だった。

「お出かけか」

「なんの、これから家へ帰るところよ。鶴屋源太郎の南京あやつりってのを見物してきたんだが、なに、どうってぇことはなかった」

伝法に答えたところをみると、朝っぱらから、操座《あやつりざ》に行ってきたらしい。

そういえば竹下少年の家は、万橋《よろずばし》を渡ってすぐの堀江町で、ここから二町と離れていない。

「ところで介弟《かいてい》は、どうしておられる。このところ幽山《ゆうざん》先生んところへ、顔を見せねぇぜ」

高橋幽山は本町河岸に住む俳諧の宗匠で、勘兵衛は若党の八次郎を弟と偽って、そこへ通わせている。

大和郡山藩闘争の両派ともに、幽山のところに出入りしているため、その繋がりを探らせるためだ。

「うむ。八次郎は、このところ所用あってな」

「それならいいんだ」

「相変わらず［みのや］には、通っているのか」

竹下少年が酒食に行く、楽屋新道の掛け茶屋の名を出すと、

「それが、ちいっとまじいんだ。なにしろ、近ごろ夜道が物騒でよ。つい二日前にも、

親仁橋《おやじ》の袂で斬り合いがあったそうでよう」

「ほう」

「何人か斬られたそうだぜ。なんでも葭町の桂庵《けいあん》（口入れ屋）の者だそうだが」

「なに！」

葭町の桂庵といえば［千束屋］ではないか。

もっと詳しく説明を求めると、

「よくは知らねえや。騒ぎを知ってさっそく見物に出たんだが、三丁目の番太郎が通さねえもんでよ」

番太郎とは木戸番のことで、四ツ（午後十時）を過ぎると町の木戸を閉めて、通行人の制限をする。また捕物や異変の際にも木戸を閉めることになっていた。

竹下少年と別れた勘兵衛は、急ぎ葭町に駆けつけた。

まさに勘兵衛は、これから、その［千束屋］を訪ねるところであったのだ。

竹下少年の話に出た親仁橋の東詰から、まっすぐ続く道角には商家があって、軒先を借りるように自身番屋が建っている。

番屋は九尺二間と定められているが、堀江六軒町、と腰高障子に書かれたこの番屋は少し大きい。

二間に三間はありそうなうえに、明らかに二階建てだと知れる。

暑いさなかだから障子は開いていた。

砂利敷きを踏んで、

「失礼いたす」

勘兵衛が声をかけると、中にいた三人が顔を上げた。

「ああ、これは……」

笑って迎えたのは、早坂生馬《はやさかいくま》である。

元は宮津藩士で弓の達人だが、主家がつぶれて浪浪の身となったあげくに、山路亥之助にたばかられ、大名行列襲撃の一味に組み入れられた過去を持つ。

それを［千東屋］政次郎が、先月からここの書き役に世話したのである。

「これを、おひろ坊に渡してくれんか。過日、約束をしたのでな」

ついさっき買い求めた菓子を、勘兵衛は生馬に手渡した。

十歳になるひろは、生馬の一人娘で、病身の母と書き役となった父とともに、この番屋の二階で暮らすようになった。

「これは、申し訳ありませぬ。あいにく、ひろは手習いに行っておりまして」

風体を、すっかり町人ふうに改めた生馬が頭を下げた。

「いや、いいんです。それよりも……」

さっそく、二日前に起きた斬り合いについて尋ねた。

「はい。あれには驚きました。あの橋向こうでございましたよ。襲撃されたのが［千束屋］さんと知って、思わず表の刺股《さすまた》をつかんで駆けつけましたが、遅うございました」

「なに、遅かったと……」

まさか、と勘兵衛は青ざめる思いだった。

「あ、いや。［千束屋］さんはご無事でございました。ただ……、彦治《ひこじ》、とかいう若い者が死に、横田《よこた》さんが手傷を負われました」

「なに、死んだのか」

彦治、という名には覚えがある。

生馬は知らぬだろうが、［へっついの五郎］と同じく［千束屋］の子分で、生馬も関連した大名襲撃未遂事件のとき、大いに働いてくれた男である。

「はい。葬儀もきのうじゅうに終わっております」

「そうだったのか。で、横田さんの傷はどんな具合だ」

「はい。肩口を少し斬られたようですが、たいした傷ではないそうで……」

「それは、よかった」

横田は勘兵衛と同じ道場の門人で、［千束屋］の用心棒をしている浪人である。

「襲撃の相手は、どうなった」

「拙者……いや、手前が刺股を手に駆けつけると、二手に分かれて引き上げていきました。一方は魚河岸のほうへ、もう一方は思案橋のほうへと、さよう総勢で七、八人といったところでしたか。やくざ風なのに浪人者も一人混じっておりましたな」

元は武士だけあって、さすがによく観察している。

（やはり……）

四ヶ月前に［千束屋］を襲ったあの一団にちがいあるまい、と勘兵衛は思った。

（あのときは総勢五人だったが……）

今回は七、八人というから数が増えている。

いまだに［千束屋］は命を狙われているらしい。

「いや、お邪魔をいたしました」

当番の大家と思われる人物にも会釈をして、勘兵衛は一町ばかり先の［千束屋］へ向かった。

4

「いや、今度ばかりは……」

もう駄目か、と思ったという［千束屋］政次郎は、刺股を手に早坂生馬が駆けつけてこなければ危なかった、と言った。

［千束屋］の奥座敷である。

「やはり、二月のときの、あの連中ですか」

勘兵衛の問いに、政次郎はうなずいた。

「しかし、浪人者はちがっていた。あのときとは比べものにならんくらいの手練れだったぞ」

左腕を首から吊った横田がいう。

「ならば、よほどの用心をいたされぬと……」

心配する勘兵衛をよそに、政次郎は不敵な笑いを浮かべ、

「なに、ちょっとこちらにも油断がありましてな。大胆にも、我が家のつい目と鼻の先で襲われようとは思いもしませなんだ。ご心配をおかけして、申し訳ない」

軽く頭を下げると、

「それより勘兵衛どのにには、なにかご用がおありだったのでは――」

「いや、このような折に申し訳ありませんが、実は……」

百笑火風斎との出会い、そして新保龍興の住処を探している事情を説明した。

勘兵衛の説明を静かに聞き終わったのち、政次郎はゆったりと笑ってから、言った。

「そんなことなら、もっと早うこられれば、すみましたものを」

「え、ご存じでございますか」

「ぜひ用心棒に、と私が目をつけたお方ですぞ。何度も断わられはいたしましたが、そのくらいのことは調べております。新保さまなら、川向こうの猿江村にいらっしゃるはずでございますよ」

川向こうというのは、大川の向こう、すなわち本庄や深川のあたりである。ちなみにこのころ、本所は、まだ本庄と呼ばれていた。

「猿江村、ですか」

「はい。小名木川のほとり、うなぎ沢と呼ばれるあたりの百姓家に下宿しておいでです。ところで、先ほど、［般若面の蔵六］とかおっしゃいましたな」

「はあ、新保さんを襲ったやくざ者が、そうだったと茶屋女から聞きました」

「ふむ」

政次郎はうなずき、

「こりゃ、ちょっとした因縁でございましょうかな」

「…………」

「実は我らを襲ったのも、おそらくは、その［般若面の蔵六］の身内と思われるからですよ」

「なんですと。まことでございますか」

「さよう。もちろん日傭座《ひようざ》支配の安井長兵衛《やすいちょうべえ》に雇われてのことでしょうが、今回のは、ちょっとばかり事情がちがうようで……」

「はあ」

「蔵六って野郎の本業は因果者師《いんがもの》なんだが、近ごろ、こっちのシマにまで、ちょっかいをかけてきましてね」

「ええと、その因果者師というのは……」

聞き慣れぬことばの意味を問うと、あちこちから肉体に異常のある者を引き取ってきて、〈親の因果が子に報い……〉と口上を述べ見世物小屋にかける、という商売らしい。

「売れる間は、そうやって稼がせ、売れなくなると地方の小屋に売り飛ばす、まことに汚い商売をする野郎で……」

聞いていて、勘兵衛も、なんだか自分まで汚れたような気分になってきた。

以前に……。

〈稼業に貴賤はない〉などと考えたことのある勘兵衛だが、それはまちがいだった、と改めて思う。

「話の腰を折りました。で、その蔵六が……？」

「気の毒なことをいたしましたが、あの彦治には、捨吉《すてきち》という十二になる弟がおりまして。はい、陰間《かげま》茶屋の色子をしております」

「…………」

「落合さまは、ご存じないと思いますが、色子のうちには舞台子といって、歌舞伎の舞台に上がる者もおります。捨吉も勘三郎座の若衆方として、昨年から中村勘之助の名で舞台に上がっているのでございますが……」

この中村勘之助――。

のちに京に上って嵐三郎四郎を名乗り、一世を風靡する。さらには西鶴の小説にもなった人物だが、今ここでは関係がない。

その美童ぶりに目をつけた［般若面の蔵六］が、力ずくで捨吉をかっさらおうとした。

「それで、少少お灸をすえてやったのですが、おそらくは、その仕返しでございましょう」

「そこまでわかっておられるのなら、どうして蔵六を捕らえてもらわぬのですか」

江戸市中、それも目抜きの場所での刃傷《にんじょう》である。目撃者も多いのだから、町奉行所に訴え出ればよい。

勘兵衛は思ったのだが、そう単純なものではないらしい。

［般若面の蔵六］の後には、公儀から認められた日傭座支配役が控えている。

そのうえ、町奉行所というのは、いわゆる文官で、町の治安を維持するほうが大切だから、

「ちっとやそっとのことでは、ひっくくったりはしない」

のだそうだ。

「おまけにね」

政次郎は続けた。

「蔵六って野郎は、以前は押し込みの一味で、先の火盗改め、水野守正《もりまさ》さまの縄付き

になったことがあるんですよ」

相当の悪人らしい。

「嘱託《そくたく》、っていいましてね。一味の隠れ家を白状して自分の罪を許してもらい、以来、狗《いぬ》になったって男なんです」

「狗……、目明かしのことですか」

「ご用聞き、岡っ引き、ま、いろいろ呼び名はありますがな」

毒をもって毒を制す。悪人をもって、悪人を捕らえる、という情報屋だ。

「ま、そんなわけで、火盗改めにも通じていますし、町奉行所の廻り同心からも手札をもらっているという野郎です」

同心から手札をもらう、というのは、同心の小者になることを意味する。いわば私設の諜者であって、給金は出ないかわりに、少少の犯罪ならお目こぼししてもらえる。おまけに後ろ暗い連中から付け届けも届く。

「ま、いずれは決着をつけねばなりますまいが、当分は静かにしておりましょう」

当の政次郎が、そう言うのだから、これ以上の口出しは無用だ。

「では……」

礼を言って立ち上がると、

「猿江村へ行かれますか」

「はい」

「いずれわたしも会いに行こうと思っていますが、よろしく伝えておいてください」

「承知しました」

政次郎は、新保を用心棒に雇うことをあきらめていないようだ。

5

幸い雨は上がっていた。

生馬のいる堀江六軒町の自身番から川沿いに下っていくと、やがて崩橋《くずればし》に出る。渡ったところが霊岸島だ。

一筋に続く新堀が霊岸島を二つに断ち割っていて、ちょうど堀川水の十字路になっている。四方に通達する水路は梅雨を集めて水かさが増しているが、きょうもいつに変わらず、多数の舟が行き来していた。

(このあたりに……)

「般若面の蔵六」がいる、と茶屋女が言っていたが、

（こんなに近かったのか）

勘兵衛は驚いている。

［千束屋］からは、わずかに十数町の距離ではないか。

敵《かたき》同士の顔役二人が、そんな近間に住んでいることに、改めて心配がつのった。

（どのような風体の男か）

といった興味も湧いたが、今、そんな暇はない。

勘兵衛は真っ直ぐに北新堀河岸を進む。蔵地が続いて霊岸島新堀は見えなくなった。

眼前に大川が開ける。

ここから渡し舟の〈大渡し〉を使う。

向こう岸が深川の永代嶋だから、〈深川の渡し〉とも呼ばれている。

永代嶋河岸に到着ののち、今度は大川べり東岸を遡る。

下之橋、中之橋、上之橋と三つの橋を渡り過ぎて、やがて小名木川に出た。

川沿いには、ずうーっと旗本屋敷が続いていたが、横川と交わるあたりから景色は一変した。

田園が広がり、藁葺きの屋根が点在する。

猿江村は、小名木川の北岸、横川に接して広がっていた。

小名木川の川べりの草むす砂地で、少年が一人、遊んでいるのが目についた。

勘兵衛が新保の下宿する農家を探し出したとき、もうあたりは薄暗くなっていた。まだ七ツ（午後四時）どきだが、曇天のせいであろう。

「ああ、浪人さんなら、ここの納屋だ」

井戸端で小芋を洗っていた婆さんが答え、

「でも、ついさっき出かけていったぞ」

「どちらへお出かけか、おわかりか」

「ふん。貧乏徳利を持ってじゃから、清水町あたりにでも酒を買いにいったんじゃろう。ついでに安酒でも飲んでくるのではないか」

「さようか。すると、もうお怪我は治られたか」

「ほうほう」

婆さんは、まるでふくろうのような声を出し、

「あんなもんは、怪我にも入らんわね。顔に少し青痣は残っとるが、まあ、毎日毎日、酒をかっ食らって、ごろごろしとるがね」

新保は一昨年の冬に妻女を亡くしたときにも、酒に溺れたと聞いていた。

今度もまた、そんな状況のようである。

(やがては乱暴をはたらき、また塒《ねぐら》を追い出されることになるのではないか……)

勘兵衛は、そんな危惧を持った。

まだ一瞥もしていない新保であるが、勘兵衛は、おぼろげながら新保の性癖のようなものを嗅ぎとっていた。

(なにやら、つまずきがあったときに……)

一気に阻喪《そそう》してしまう性格らしい。

剣士たるべき志に燃えながら、思うにまかせぬ実社会の荒波に揉まれると、心をくじかれ、鬱鬱と不満ばかりを腹の中へ溜めこんでいく。

そのような人物ではないか、と思えるのだ。

(そのくせ、誇りだけは高い)

政次郎が、用心棒の口を頼んでも断わり、山路亥之助が、十両の前金という大金で仲間に誘い込もうとしたときも、にべもなく断わっている。

だのに、平気で大道芸の真似ごともする。

(要は、人間嫌いということか……)

そういえば神田佐久間町の朝比奈道場で聞いた人物像も、〈おそろしく偏屈な男〉であり、〈親しき者も、ほとんどいなかった〉であったな、と勘兵衛は思った。

「では、龍平どのはお達者か」

火風斎の孫のことを尋ねてみた。

「おう、龍ちゃんかえ」

婆さんの顔が、はじめてゆるんだ。

「父親《てておや》に似ず、感心な子じゃ。毎日、毎日のう。そこの〈うなぎ沢〉で鰻をつかまえて、朝一番で永代寺門前の茶屋に売りに行くんじゃ。往復で一里半はある距離じゃぞ。その稼ぎまで、あの浪人さんときたら……」

酒に変えてしまっているらしい。

「龍ちゃんなら今ごろ、〈うなぎ沢〉で鰻を捕らえる仕掛けを作っているころじゃ」

すると――。

勘兵衛は、つい先ほどの光景を思い出した。

一人の少年が川遊びをしていると思ったが、あれが龍平で、鰻捕りの竹筒を埋めていたのであったか――。

「ところで、お侍さんは、浪人さんのお知り合いかよう」

「うむ。まあ……」

「ならよう。店賃《たなちん》を溜められて、困っとるんだ。少しでもいいから、払ってもらえんもんかねえ」

「どのくらい、溜まっているんだ」

「そろそろ半年分だ。そのうちまとめて払うと言われても、困っちまうんだよね」

「いかほどか」

「いかほどか、って言われるほどじゃねえんだけど、月に三朱と決めてるんだ」

「なに、三朱！」

勘兵衛は目を剝いて、新保父子が借りているという納屋を、改めて、あきれつつ眺めた。

ここは中農の家らしく、藁葺きながら立派な母屋を持っており、納屋が二つあり、牛小屋もある。

納屋のひとつはまだ新しいから、古くなったほうの納屋を新保父子に貸したらしい。

それが――。

茅屋《ぼうおく》、という程度ではすまない代物だ。

牛小屋と、おっつかっつ、なのであった。

江戸市中、九尺二間の裏長屋の相場は、月に五百文から六百文。

それが三朱となると、銭七百五十文に相当する。

九尺二間に較べれば、そうとうに広い、ということを斟酌しても、あまりに高すぎはしないか。

「朝と夕の賄いつきだからよう」

勘兵衛が考えていることを見越したように、婆さんが言う。

「それに、龍ちゃんが腹を空かせていると思うと、つい不憫で、昼飯まで食わせてやってるだよ」

(なるほど、それで三朱か)

そうなると、高いとは言えない。つまりは新保は、店賃どころか、親子二人の食い扶持まで、この農家に寄生していることになる。

しばし考えたのち、勘兵衛は言った。

「よし。払おう」

「ほんとかね」

婆さんが目をぱちくりさせるのに、

「月に三朱で、半年分だな」

「本気かね。一両と二朱になるだよ」

なかなかに計算が早い。

「いいとも、まとめて払おう」

懐の財布から小判一枚に、一朱金二枚を取り出すと、

「いやあ、こりゃ、ありがてぇなあ」

婆さんは前掛けで手を拭い、両手を揃えて差し出した。

「それからな……」

勘兵衛は、財布から慶長一分金を取り出して、それも婆さんの手の上に置いた。

このころの貨幣制度は四進法で、四朱が一分、四分で一両となって、それを銀や銭に換算する相場は、両替商によって日に日に変わっている。

「これはな。もうすぐ、あと一人増えるかもしれんのだ。それの前金として取っておいてくれ」

「あれ、お侍さまも、ここに住むだか」

「いや。そうではない。だが、このことは当分の間、新保さんには言わないでくれ」

「それは、いいだが……ええと、あなたさまのお名前は、聞いておかねばなんねぇだよ」

「うん。[千束屋]の使いの者だと言ってくれ」

「ちづかや……かい」

「そうだ。いや、一筆手紙を書いておこう」

勘兵衛は腰の矢立から筆を抜き取り、短い手紙を書いた。

〈ご存じ、葭町の千束屋ゆかりの者、一筆したため候。過日、回向院にて貴殿を襲いしは、般若面の蔵六という異名を持つ者の仕業なり。その蔵六、一昨夜には親仁橋袂にて、千束屋をも襲撃せしこと、お知らせ候。対岸の火事なりと、思慮なされること、また勝手なり〉


（さて……）

婆さんに手紙を託し、翻然と田畑を縫う畦道を進みながら、勘兵衛は思う。

あの手紙を読んで、新保がどう思うか。

と、いうことである。

新保は偏屈な男で、金で頬を叩かれるようなことを憎むところがある。その一方では、自暴自棄の淵に身を沈めてしまうところもある。

そのような男が――。

あのような手紙を読んで、どう反応するか。

（わからぬ……）

わかりはしないが、これが［千束屋］の役に立てばいいが……と、勘兵衛は思っていた。

灰色一色の空の、西にわずかに茜の色が滲む。暮色がきたらしい。すでに周囲には、暗がりが広がりはじめていた。

（明日は晴れるか）

勘兵衛が小名木川に出たとき、沢では少年が、葦や荻の狭間にまぎれて、まだ鰻捕りの仕掛けを埋《うず》めているようだった。

目を凝らしたが、その姿は、夕間暮のなかに溶けかかっていた。

御耳役拝受

1

夜になって猿江村から戻ってみると、火風斎が発熱していた。

話の成り行きから今朝がた勘兵衛は、火風斎に〈磯之波〉の型を披露してもらったのだが、やはり、それが祟ったのか。それとも雨に打たれたのが悪かったか。

新保の行方を報せるつもりの勘兵衛であったが、この日はなにも言わずに居候先に引き上げることにした。

「とにかく空腹じゃ。支度はできるか」

すでに五ツ半（午後九時）に近い時刻だったが、夕飯はまだだった。

「はい。すぐにも準備をいたします」

小魚の煮付けを菜に遅い夕食を摂りながら、八次郎に、

「明日は、回向院に行かぬでもよいぞ」

「え、どういうことでしょう。はて、ではわかりましたか」

息を弾ませたが、

「いや。そういうことではない」

八次郎にまで隠すことはないが、その態度で悟られでもすれば、あの火風斎のことだから、病をおしてでも、猿江村まで出かけていこう。

もう少し、健康を取り戻させてやりたかった。

「実はきょう、不良少年に会うてな」

「竹下に、でございますか」

「近ごろ俳諧の会に顔を出さん、と心配しておったぞ。行ってやれ」

「それは、ありがとうございます」

最近、俳諧のおもしろさに目覚めたらしい八次郎は、嬉しそうな顔になった。

翌朝、勘兵衛は改めて町宿に顔を出し、そっと玄関先に八次郎を呼んで、

「どんな具合だ」

「はい。まだ熱が下がりません」

「そうか。熱冷ましは残っているのか」

「あと少しばかりで、ございますが」

「そうか。では、足りぬようなら、乗庵先生のところにな」

「はい。さっそくにも行ってまいりましょう」

「そうしてくれるか」

「ええと……」

八次郎が、少し、もじもじする。

「どうした」

「実は、きょうから神田社、二之宮の天王祭がはじまりまして……」

天王祭とは祇園会のことだ。

祇園の神が牛頭《ごず》天王だから、これを江戸では天王祭と称している。

六月三日からはじまる小塚原の牛頭天王社の祭りを皮切りに、この時期、江戸に点点とする天王社において、次つぎと祭りははじまる。

八次郎の言った神田社は神田明神のことで、その境内に摂社として、素戔嗚尊《すさのおのみこと》、五男三女《いをしめ》、奇稲田姫《くしなだひめ》をそれぞれ祭神に、祇園三社が並んでいた。

その一之宮の御旅所が南伝馬町に、二之宮御旅所が大伝馬町に、三之宮御旅所は小舟町にあった。

まずは二之宮が口切りで、きょう五日に神田明神から宮出しされた神輿は、夕刻に大伝馬町の御旅所に入る。翌日から、再び引っ張り出された神輿は氏子地域を練り歩き、最終日の八日に神田へと帰っていく。

同様のことが、一之宮では七日から十四日まで、三之宮では十日から十三日までと、まさにひっきりなしに祭礼が続くのだそうだ。

八次郎は、それを見物したいらしい。

「なるほど、乗庵先生がおられる堀留町は、大伝馬町のそばだったな」

八次郎は、うなずいた。

「よし。私も一緒に見物してみよう」

ということになった。


そのころ——。

遠く郡上街道の途上に、落合藤次郎の姿が見受けられた。

江戸に向かうべく、故郷の大野を発って四日目である。

本来なら、すでに中山道に入っているはずの藤次郎だが、下田の宿まできて足止めを食ってしまった。

街道途中には大きく長良川が横たわっていて、これを結ぶのは、大矢からの〈下田の渡し〉である。

その渡しが降雨のために増水し、川留めになっていたのだ。

やむなく下田の宿に引き返し、渡し舟の再開を待っていたところ、今朝になって、ようやく川明きの知らせが入った。

宿と渡しの間には、馬瀬坂と福野坂と呼ばれる二つの小峠がある。

遅れた分を取り返そうとでもいうように、藤次郎は息を弾ませて、二つの峠を越えた。

そして渡し舟に、無事乗り込んだとき——。

「待て、待て！　その舟、待てー」

大声を発しながら、坂を転げるように駆け下りてくる男がいる。深編み笠の武士だ。

舟は、男を待った。

「いや。すまぬ。ご迷惑をおかけ申したな」

乗客たちに挨拶をした武士に、藤次郎が席を空けると、

「いや、かたじけない」

言ったあと、

「お！」

驚いたような声を出して、深編み笠を取った。

「あ、あなたは……」

その顔に覚えがあった。

「いかにも。いや、あの節は世話をかけた。このとおり礼を申す」

藤次郎より、ひとまわり以上は年上と思える男が丁寧に頭を下げる。

「よかった。じゃ、無事に振り切られたんですね」

「どうにかな。これも貴公のおかげじゃ」

事情は三日前、藤次郎が越前大野を発った日の夕刻にさかのぼる。

2

その日――。
美濃街道、最大の難所である油坂峠を乗り切り、藤次郎は白鳥《しろとり》への道を進んでいた。

白鳥は、越前と美濃の国境、行く手には郡上八幡の城下町が待っている。

道の左右から、山が迫り下りてくる谷間の道だ。くねくねと起伏の多い細道からは、さまざまな風景が展開する。

急峻な山肌には、杉や雑木の木立や名も知れぬ花、ややゆるやかな山肌には、農民が営々と築いてきたであろう棚田が見えた。

棚田は順調に育った稲で緑一色に染め上げられ、ときおりの山風に、しなるような波を作っていた。

やがて、山と山との狭間も広がり、道もずいぶんと広くなったが、すれちがう人とてない梅雨の街道であった。見る人影といえば、棚田で働く農民ばかりだ。

左手上方に広壮盛大な建造物群が、忽然と姿を現わしてきた。

(長滝白山神社だな)

神仏習合の寺で、白山信仰の拠点である。

その参詣道入り口は、白山への登山口でもあり、長滝神社、中居神社を経て白山山頂までは三日かかるといわれている。

だが、もう夕刻も近い。修験者や登拝者の人影もなく、ただひっそりとしていた。

と、思ったら――

前方より、荒々しい足音が響いてきた。

「ん……」

と、藤次郎は眉をひそめたが、道は切り通しの崖に沿って左へと曲がり、先が見えない。

と——。

その角から、突然人影が飛び出してきた。

「おっ」

思わず藤次郎が刀の柄に手をかけて身構えたのは、視界に飛び込んできた男の手に、抜き身の刀が握られていたからであった。

しかも血刀に見えた。野袴姿の武家である。

男との距離は、半町（五十ｍ）もない。

「おっ！」

血刀の男も同様の叫びをあげると、たたらを踏むようにして、かろうじて止まった。

一瞬の間があって——。

手にした血刀を背にまわし、男が言った。

「他意はござらぬ。追われており申す」

「なんと……」

藤次郎は男を見、次に周囲を見まわした。

道の傍らに、恰好の藪がある。

「あれへ」

藤次郎が言うのにうなずき、男は藪の裏に駆け込んだ。

切り通しの崖の先から、ざざっ、ざざっ、と複数の足音が聞こえはじめた。藤次郎は、前方を向いたまま、ゆっくりとあとずさる。
五、六歩はあとずさっただろうか、新たな人影が出現するのを待って、その場に立ち止まる。
（一人、二人、三人……）

都合三人の侍が、やはり抜刀して駆けてくる。そして止まった。

藤次郎の背後に続く道に、おそらく人影はない。

果たして一人が荒々しく尋ねてきた。

「誰ぞ、きたであろう」

藤次郎は、うなずき、先ほど過ぎたばかりの参詣道を振り返った。

「あそこを右に入ったようですが……」

「うむ！」

いずこかの家中であろうが、礼も言わずに藤次郎の脇を駆け抜けていった。

（さて……）

長滝白山神社は、六谷六院、寺社仏閣三十宇余、宗徒三百六十坊を誇る広大な寺域であった。

（しばらくは時間が稼げような）

そう考えたあと、そのまま、すたすたと歩きはじめた。

成り行きから男を助けるかたちとなったが、追われるには、それなりの事情があろう。

あるいは罪を犯しての、逃亡とも考えられる。

厄介ごとに、首を突っ込みたくはなかった。

それから三町も行かぬうち、藤次郎は道の傍らに二人の武士を見た。

一人が腿を切られたらしく、もう一人が、その手当をしている。

（先ほどの追っ手の一味だな……）

すると、五人の追っ手がいたことになる。

（あの男、いったい、なにをやらかしたのだ）

そのときになって藤次郎は、ふっと興味を覚えたものだ。

その男が、今、藤次郎とともに険しい山道を辿っている。〈下田の渡し〉で偶然に邂逅し、なにとはなしに〈旅は道連れ〉ということになっていたのだ。

渡しの舟を下りたあと、

「申し遅れましたが、拙者は比企藤四郎《ひきとうしろう》と申す」

「私は落合藤次郎です」

互いに短く、名は名乗りあったが、それ以上の穿鑿は、互いに避けていた。

それが――。

長良川の清流ごしに高賀山や瓢ヶ岳《ふくべたけ》といった高山の連なるさまを眺め、路傍の苔むした道祖神の傍らに咲く露草を眺めするうちに、
つい……。

「比企どのは、どちらまで行かれるのですか」

尋ねてしまった。

「江戸でござる」

「お、そうですか」

「落合どのは？」

「やはり、江戸でござる」

比企が面体を隠している深編み笠を、手でぐいと上げた。それで互いに顔を見合わせ、笑いあった。

「で……」

比企は、少し考えたあと――、

「落合どのは、その……、いずれの、ご家中であられるな」

やや探るような口調になった。

「いえ、私は次男坊ゆえに、まだ無役ですよ。兄は大野藩御供番にて、江戸勤番中ですが」

「なんと……大野藩ですか」

比企が驚いたような声になった。

「いや、これは、神仏のお引き合わせかもしれませんな。実は拙者が向かう先は、まさしく江戸は愛宕下、大野藩の江戸屋敷でございますからな」

「えっ、すると比企どのは……」

同じ大野藩の侍か。

「いやいや、これには、ちょっと事情がございましてな。ふむ……」

比企は、言おうか言うまいかと迷っているふうだったが、

「兄上が、大野藩の御供番で、しかも江戸勤番中と聞いては、隠し立てもなりますまい。藩主の松平直良さまには、我が殿、権蔵さまを庇護願っておるのじゃからな」

「え……」

藤次郎には、ちんぷんかんぷんの話だった。

「あ、これは失礼した。いや、ここだけの話にしてくだされ。拙者とて、そのことを知ったのは、つい先ごろのことにて、それでこうして脱藩をして、江戸へ向かおうとしているのじゃ」

「脱藩！」

そうか、三日前の追っ手は、それを阻止しようとした一派の手の者であったのか、と藤次郎は納得した。

深編み笠で面体を隠しているのも、その用心ゆえなのだ。

しかし、まだ、さっぱり事情はわからぬ。

「脱藩と言われるが、いずれの藩ですか」

「実は、福井藩でござる」

「おう」

するど同じ越前家の、大野藩にとっては本貫の藩にあたる。

(待てよ)

あれはもう十日ほども前のことであるが、実家で開かれた、藤次郎壮行の酒宴の席のことである。

(あのとき、福井藩のことが話題に上っておったな)

たしか藩主の光通が、世継ぎのないままに自害をし、その遺言によって、異母弟である昌親が新たな藩主になった——と聞いた気がする。

「それが、とんでもない大嘘なのでござるよ。実は光通さまには、権蔵さまという、立派な嫡子がおられるのだ」

その嫡子が、あろうことか、大野藩江戸屋敷に匿われている、と比企藤四郎は言うのであった。

(それは、ゆゆしきことだ)

さて、比企藤四郎は、一瀉千里に、その紆余曲折を語りはじめた。

そうこうするうちにも山道は終わり、やがて美濃和紙と卯建《うだつ》の宿場町上有知《こうずち》(現美濃市）に近づいた。

だんだんに激してくる口吻の比企に、やや疲れて藤次郎は言った。

「どこぞで、昼飯にしませんか」

「あ……、あ、そうでござるな」

3

明くる日――。

きょうも朝飯はいらぬ、と勘兵衛が［高砂屋］の下女、おたるに伝えると、

「勘兵衛さん、あんた、近ごろ、少しおかしいんじゃないのかい」

なんだか、おたるが色をなしている。

「どういうことですか」

「だって、そうじゃないか。朝飯も夕飯も、ここでは食わねえし、ま、どこぞで食ってはいるんだろうが、あたしゃ、まったく、せいがないよ」

ああ、そのことか、と勘兵衛は苦笑した。

そういえば、ここしばらく、朝飯や夕飯を町宿のほうで摂る習慣ができている。

それは別に、おたるのせいではない。

だが、やはり従業員たちを抱えた商家の賄いよりも、長助が作る食事のほうが、濃《こま》やかにして、しかもうまい。

飯炊きの長助を、江戸留守居の松田与左衛門《まつだよざえもん》から譲り受けるとき、〈なかなかにうまい飯を炊く〉と言われたことばは嘘ではなかったのである。

それに――。

おたるは勘兵衛の食事中べったりで、あれこれとおしゃべりするのを、楽しみにしているらしい。

そうしたことも、まだ勘兵衛が江戸に慣れぬうちは、いろいろ役立ったりしたことはある。

それはそうなのだが――。

おたるには悪いが近ごろは、そのおしゃべりが、ときおりうっとうしく感じられた。

「どうせ、どこぞに世話してくれる女でもできたのかもしれねぇけど、そんなこっちゃ、剣術の修行だって、いい、ちゃらほらなものになっちまうだよ。身を持ち崩しちまっちゃ、元も子もないだろ」

半分、涙声になってしまった。

松田与左衛門の手配で、この［高砂屋］に居候するとき、勘兵衛は江戸滞在を、剣術修行の遊学、ということにしてある。

それを信じて、このおたる、どうやら勘兵衛を、諫《いさ》めにかかっているらしい。

（これは、弱った……）

「いや、すまぬ……、すまぬな」

そうそうに逃げ出すことにした。

［高砂屋］は奥州街道筋、浅草橋近くの菓子屋だ。

（これは、ちと、考えねばならぬかな）

街路に出て、勘兵衛は思った。

いつもの道筋で、町宿へ向かう。


「どんな具合だ？」

勘兵衛が、きのうと同じように八次郎に尋ねると、

「はい。もう熱は下がったようにございます」

「おう、そうか」

「それから、言い忘れておりましたが、昨夕、また例の魚屋が……」

「仁助、だったか。また魚でも持ってきたか」

「はい。残り物だから、と言いまして」

するど、昨夜の小魚の煮付けが、それだったらしい。

「律儀な男だな。そうだ、長助に言ってな」

「はい」

「これから魚を買うときには、仁助から買うようにと言っておいてくれ」

「かしこまりました。で、朝食は、いかがいたします」

「もちろん食うさ」

ふと、おたるの顔が浮かんだ。

ゆっくり朝食を摂ったあと、隣室に移動した。

「これは、落合どの。またまた、ご厄介をおかけしたようで、申し訳ござらぬ」

勘兵衛の声を聞いたからか、すでに火風斎は端座して待っていた。

「楽になされてください。いや、私が悪かったのです。つい無理をさせてしまい、申し訳ない」

「とんでもござらぬ」

「いやいや。焦りは禁物です。気持ちは逸《はや》りましょうが、いましばらくは、ご静養ください。実は……新保さまの消息も知れました。まずは、そのことをお知らせいたします」

「お、まことでござるか。して、いずこに」

「深川の猿江村というところに、おいでです。すでに傷も癒えられ、お元気だそうです」

「会われたわけでは、ござらぬのだな」

「はい。そのように聞いただけですが、まちがいはないようです。そうそう、お孫さまの龍平どのも、まことにお元気のよし……」

「おう、そうでござるか……」

火風斎は、しばし目を細め、

「で、龍興は、いま、なにをしておるのじゃ」

「さて、そこまでは聞いてまいりませんでした」

下宿先の老婆から聞いた話をするつもりはない。いずれ自分の目で確かめて、火風斎自身が判断すればいいことだ、と勘兵衛は思った。

「いや、まことにかたじけないことでござった。さすれば、さっそくにも、その猿江村とやらへまいりたいと思う」

「いや、それは……」

言いかけたことばを、勘兵衛は飲み込んだ。

（もはや、止められぬ……）

幸い、きょうは晴天とはいかぬものの、梅雨季には珍しく青空が、ところどころのぞいていた。

「では、こういたしましょう。地理にも不案内でしょうから、わたしが猿江村までお供をいたします」

「ご厚情、重ね重ね、いたみいる」

火風斎は、素直に勘兵衛の好意を受けた。

そこで八次郎を呼び、

「下平右衛門町の船宿に走ってな、舟を借りておいてくれ。行き先は深川猿江村だ」

「猿江村……」

「うむ。小名木川のな……」

言いかけて、勘兵衛は思い出した。

すっかり忘れていたが、新保龍興をみつけたことを、まだ八次郎には隠したままであったのだ。

「いや。すまぬな」

むくれる八次郎に、

「猿江村には、おまえも一緒にな」

今後、使いなど出す際にも、場所を教えておいたほうが好都合と思って言ったのだが、八次郎はにこにこ顔に変わった。

「舟はできれば、猪牙《ちょき》がよい。二丁櫓なら、さらに好都合だ」

吉原通いに使われている、二人漕ぎ猪牙舟だと船足が速い。その分、火風斎の負担も軽減される。

下平右衛門町は、浅草橋の東、神田川北岸にあって、多数の船宿がある。のちに両国広小路へ柳橋が架かるが、このころはまだない。

やがて二丁櫓の猪牙は、大川から小名木川に入った。

地名の深川は、まだ家康が江戸の町造りをはじめたころ、海浜の萱《かや》茫茫の原野であったこの地を、摂津の国から移住してきた深川八郎右衛門たちが干拓、開墾して開いた地であったことに由来する。

そろそろ猿江村も近づき、勘兵衛は前方の川筋に、龍平らしき少年はいないかと目を凝らしたが、それらしき姿は見あたらなかった。

猪牙を、大横川に架かる猿江橋横の船会所に留めさせ、すぐに戻るから待つようにと船頭に言って、三人は舟を下りた。

「大丈夫でござる」

八次郎が手を貸そうとしたが、火風斎は、しっかりした声音《こわね》で断わった。

陸《おか》に上がってからも、ぴんと背筋を伸ばし、たしかな足取りで勘兵衛の横を歩いた。きのうまで病に臥せっていたようには、とても見えない。

新保が下宿する農家には、ひょろ高い柿の木が二本あって、それが目印になっている。

「百笑どの……」

勘兵衛は、その柿の木を指して場所を教え、

「では、我らは、これにて失礼をいたす」

「お、さようか」

「なにかお困りごとでもあらば、いつにても遠慮なくお知らせください」

「なにからなにまで、いかいお世話に相成った。また改めて礼に伺うほどに」

頭を下げた火風斎にうなずき、

「戻るぞ。八次郎」

勘兵衛は踵を返した。

「いいんですか。新保さんに会わずに……」

しばらく歩むと、八次郎が不満そうに言う。

「会わぬが、いいのさ」

答えて勘兵衛が振り向くと、火風斎はまだ深ぶかと頭を下げており、彼我の間を、一匹の青筋鳳蝶《あおすじあげは》が、せわしなく横切っていった。

4

久しぶりに勘兵衛は、居候先で晩飯を食った。

次の朝も、そうした。

誤解とはいえ、おたるに、外に女でもできたかに言われては立つ瀬がない。

さすがに気まずかったか、昨夕のおたるは神妙な顔つきで勘兵衛に飯をよそっていた。

だが、今朝になると、あれほど色をなしたことを忘れたかのように上機嫌で、またいつものおしゃべりをはじめる。

「きょうはまた、特別に蒸すでねぇか。衣に黴《かび》などきてねかね」

言いながら、八畳一間の勘兵衛の部屋を見まわした。

片隅に畳んだ布団を重ね、それを枕屛風で囲っている。あとは窓際に小さな文机《ふづくえ》、そして置き行燈があるだけの部屋だ。わずかな衣類は行李に収めて物置にしまってある。

「いや。おたるさんが、まめに洗濯をしてくれるゆえ、大丈夫と思うが」

「どうだかね。こう湿気が多いと怪しいよ。どれ、きょうあたり、そうじつを焚いておくべぇかね」

「そうじつ？　そりゃ、なんだ」

「あれ、そうじつを、知らねえだか。湿気払いの薬草のことだよ。煙を嗅げば、雨湿にて病を生ずることなし、ってぇ、ありがたい薬だよ」

「ああ、オケラのことか」

秋には白い花をつける植物の根で、漢名を蒼朮《そうじゅつ》という。

「白木屋あたりは、大変らしいでよ。店の外にまで、そうじつの煙と、匂いが漂ってくるというけぇな」

それはまあ、この時季、大量の反物を抱える呉服屋は大変だろう、と勘兵衛も思う。

「それはそうと、お店は、これから大ごとだよ」

おたるの話題は、もう次に移っている。

「なにか、あったのか」

「だって、明日から〈団子天王〉だろ」

「なんだ、そりゃ」

おたるによれば、[高砂屋]の隣地のような大円寺は祇園社地別当で、ここにも天王社がある。それが明日から祭礼で、氏子たちが笹団子を奉納する習慣があるそうだ。

笹団子というのは、赤や黄色に染めた団子を、繁った笹の葉に、まるで花でも咲かせたように突き刺したものをいう。

さて、そうして作った笹団子だが、無事に奉納が済む前に、群衆がよってたかって団子を奪ってしまう。それによって、互いに無病のまじないとなるというのである。

「そりゃ、もう、まるで喧嘩騒ぎみてえに、おっかねえだわ」

それで〈団子天王〉と称されるそうだ。

律儀に家で団子を作る者もあれば、出来合いの団子を買う者もあって、[高砂屋]にも大量の団子の注文が入っている。

「きっと、今夜は徹夜になるよ」

　ということらしい。

　そんな、おたるのおしゃべりにつきあったあと、勘兵衛は［高砂屋］を出た。

　久しぶりに、江戸屋敷に顔を出そうと思っている。

　留守居の松田に相談があるし、報告しておくこともあった。

　この日、日本橋界隈は芋の子を洗うような混雑であった。

　例の、一之宮天王祭が、きょうからはじまっていたのだ。

　各商家では、玄関先に竹を植えたり、軒先に扇を飾ったり、冷やし素麺を振る舞ったりと賑賑しく、街角には〈祇園牛頭天王〉とか〈祇園迎神會〉とかの大幟《のぼり》が随所に立てられたうえに、さまざまな飾り物で飾りつけられている。

　そんな混雑も、京橋を過ぎると、ようやくに落ち着いてきた。

（それにしても……）

　愛宕下へ向かいながら、勘兵衛は、つくづく思う。

　現在の自分の立場であった。

　本来なら、江戸勤番の自分が――。

（今は、まるで、遊民ではないか）

そもそものはじまりは、故郷大野での銅山不正に端を発し、脱藩逃亡した山路亥之助が、大和郡山藩分藩の本多政利の江戸屋敷に逃げ込んだことにある。

その亥之助を討つべく、勘兵衛は、その逃亡先と目と鼻の先の［高砂屋］へ居候して見張るうち、大和郡山藩の確執に巻き込まれてしまった。

さらには、探索の一助にと、八次郎と長助を預けられたうえに町宿まで頂戴したが、その亥之助の消息は見事に消えている。

そうした今、勘兵衛に与えられている仕事らしい仕事といえば、大和郡山藩本藩の藩主、本多政長の命を狙っているらしい一派の探索にあるのだが――。

（果たして、それが――）

我が藩に、どうお役に立つというのだ。

まるで、大和郡山藩のために働いているようなものなのである。

（わからぬ）

たしかに現在《いま》の――。

自由にして気ままな生活は、この上もなく心地よい。

しかし、これでよいのか、という思いも湧き起こる。

とつおいつ思案するうちに、勘兵衛は幸橋付近の堀端を歩いていた。

この幸橋から南に増上寺への道は、〈大名小路〉とも呼ばれて大名屋敷が数多く建ち並ぶ。

その一画には、弟、藤次郎がまもなく仕官する本多中務大輔政長の上屋敷もあるが、この春に屋敷替えが命じられている。

新たな屋敷地は筋違門内の柳原で、すでに屋敷の建設は着着と進んでおり、年内にも引っ越しを終えると聞いていた。

なおも右に、溜池から流れ下る外堀を見ながら、勘兵衛は進んだ。左手には町家が続き、梅雨の晴れ間を惜しむように、遊ぶ子供らの声が響いていた。

相生橋（のちの新シ橋）袂の善右衛門町は、八次郎の父、新高陣八《じんぱち》の町宿があるところで、一度八次郎の母に挨拶をせねばと思いながら、まだ、その機会はない。

その善右衛門町の角を曲がり、愛宕下通りに足を踏み入れて、すぐのことであった。

（ふむ……？）

三町ばかり先で、怪しげな動きをした人影を見た。

背を見せて、辻に佇む編み笠の武士だったが、ふと振り向いたと思ったら、そそくさと桜川に架かる小橋の奥に姿を消した。

それが、いかにも――。

勘兵衛の姿を認めてとった行動のように思えた。

桜川は、愛宕山総門前を流れる小川で、昔このあたりが桜の名所だったことから、その名があった。

編み笠が姿を消した小路は藪小路《やぶこうじ》と呼ばれて、名のとおり小さな竹藪がある。

通りすがり、ちらと小路の奥を透かし見ると、竹藪に隠れるように男はいた。やはり怪しい。

さらに――。

どうにも引っかかる人影が、行く先ざきに見受けられた。鏡照院門前、愛宕山総門前と、気になる人影が配されている。

「…………」

すでに江戸屋敷に着いていたが、勘兵衛は、そのまま藩邸切手門を通りすぎた。

ゆっくり歩きながら、周囲を注意深く探っていくと――。

果たして、青松寺横の芝の切り通しにも人影が潜んでいた。

(これは――)

首をひねりながら勘兵衛は、旗本、青木甲斐守の屋敷を曲がり、増上寺横の広小路を辿って長谷川五左衛門の屋敷を曲がりして、秋田小路に入った。

要は、江戸屋敷のある一画をぐるりと一周したわけであるが、

(もはや、まちがいない)

要所要所に人が配され、何者かが、この一画を見張っているようなのである。

(といって……)

その対象が、我が大野藩邸であるとはかぎらない。大名屋敷はひとつだけだが、あと七つの旗本屋敷があるからだ。

それだけのことを確かめてから、勘兵衛は屋敷に通った。

「なにやら、おかしな連中が、この一画を見張っているようですぞ」

江戸留守居役宅の玄関に迎えに出た、留守居役側用人の新高陣八に勘兵衛が言うと、

「さすがですな。気づかれましたか」

すでに承知と見える。

「いったい、なにごとですか」

「さて……」

新高は首をひねった。

「よくはわかりませんが、もう半月ほどにもなりましょうか」

「そんなに……」

「はい。松田さまは、放っておけ、とおっしゃいますが……」

もう一度首をひねって、

「隣家の、能勢《のせ》庄左衛門の用人が言うには、誰何《すいか》しようとすると、すいと逃げ出すそうでございましてな」

「ははあ……」

さては、いずこかの屋敷が、誰かを囲《かこ》ったな、と勘兵衛は思った。

助けを求めて武家屋敷に逃げ込んだ者を、追跡者から保護することを〈囲う〉といって、囲った側では、武士の意地にかけてこれを守ろうとする。

勘兵衛が江戸に来る以前であるが、山路亥之助が、最初にさる旗本屋敷に逃げ込んだことがある。そのとき、故郷から放たれた五人の討手が、数ヶ月にも及んで、その屋敷を見張りつづけた。

あの怪しき人影は、そういった使命を帯びた一団であろう、と勘兵衛は簡単に納得した。

まさかに、この大野藩邸を見張る一団とは、夢、思いもせずにいる。

「ところで、ご子息は、元気で頑張っておられます」

「あまり甘やかせてはくださいますな。妻から聞きましたが、なにやら俳諧などを習わせていただいているそうでございますな」

　と言うところをみると、八次郎は、たまには善右衛門町の母のところに、姿を見せているようだ。

「いやいや、遊びではござらん。それも使命のうちですから」

「それならよいのですが、いや、今後ともよろしくお引きまわしくだされ」

　役宅の一室に案内され、松田の執務が一段落つくまでお待ちくだされと言って、新高は姿を消した。

5

　待つほどもなく、松田はやってきた。

「よう、きたのう。そろそろ使いをやろうかと思っていたところじゃ」

「ご用でございましたか」

「うむ。じゃが、まあ、そなたの用から聞こうかの。そのつもりできたのじゃろ」

「はい。ご報告がひとつ、それからご相談がひとつ」

「ふむふむ。で、報告とは」

「はい、弟の藤次郎のことにて」

「おう、父御から丁重な便りをいただいたぞ。まもなく、江戸に到着だな。そうそう郡山藩の都筑家老ともお会いしたが、藤次郎は日高氏《うじ》とともにお国入りするそうではないか」

「ご存じでございましたか」

相変わらずの情報通である。

「久方ぶりの遭逢《そうほう》だが、すぐにまた、江戸と大和へと別れねばならん。しばらくは、よく睦めばよいだろう」

日高老人と同じようなことを言ったあと、

「あちらの屋敷に随身《ずいしん》する折は、拙者も同行する心づもりじゃ。日にちが決まれば前もって報せてくれ」

「それは、わざわざ、ありがとうございます」

「なんの、なんの。で、相談というのも、そのことかの」

「いえ、それとは、また別のことでございまして」

せっかく、松田に世話してもらった［高砂屋］だが、すでに亥之助の不在が明らかになった今となっては、もう居候をする目的が失われたような気がする。

「猿屋町に町宿もいただいて、おりますことですし……」

「なるほどのう」

笑いをたたえた顔で、松田は少し考え、

「ま、居候というのも、窮屈なものだでな」

「いえ、決して、そういうわけではございませんが」

言いながら勘兵衛には、おたるのことがちらちらしているのである。

「ま、いいわさ。［高砂屋］のほうには、こちらから話を通しておこう」

「ありがとうございます。よろしくお願いいたします」

「わかった。じゃが、あの［高砂屋］藤兵衛、ああ見えても、なかなか役に立つ人物じゃからな。下宿をやめたのちも、ときどきは顔を見せてな。結びつきを絶やさぬようにしておいてほしいのじゃ」

「承知しました」

と頭を下げながら、勘兵衛は、

（はて？）

と思っている。

まだ聞かされてはおらぬが、［高砂屋］と松田の間には、なにやら特別な関係があるような口ぶりだ。

「ほかには、ないか」

「今のところは」

「おう、なんだか意味ありげな言いようではないか」

「これは、言い方をまちがえました」

ここへの道筋、勘兵衛には考えたことがある。それで、つい出たことばであったが、
それより松田の用というのを早く聞きたい。

「ふむ。わかりやすいやつじゃ。いろいろと不満がある、と、その顔に書いてある
ぞ」

「とんでもございません。不満などは、毛頭ございませんから」

松田にからかわれたうえに、図星を指されて、

(まだ、修行が足りぬ)

すぐに気持ちが顔に出る自分を、勘兵衛は恥じた。

「まあ、よいわ。そなたが江戸に来てよりこちら、異例ずくめの役柄にあることは、
拙者とて気の毒に思うておる。そこで先日来、間宮さまとも相談を重ねてきたのだが
……」

「はい」

間宮定良は、先の銅山不正事件の解決後、新たに江戸家老となった人物であった。

「で、勘兵衛、こたび、そなたの新たな役柄が決まったぞ」

「まことでございますか」

松田は厳《おごそ》かに顎を引き、

「落合勘兵衛」

「ははっ」

「そのほう、これまでの御供番を解き、本日このときより、我が配下に組み入れる」

勘兵衛は平伏した頭を上げると、

「松田さまの配下に、でございますか」

「うむ」

松田はうなずいた。

江戸留守居役というのは、幕藩間の最前線に立つ役職であるゆえに、藩の命運をも握る重職であった。

ゆえに松田は家老待遇ではあるが、その実、直属の部下というものは少なかった。

手元方として八名、用談方として五名の、わずかに十三名を数えるだけである。

（すると……）

手元方にせよ、用談方にせよ、これまでの御供番という武官から、文官に替わるわけだ……と、勘兵衛は思った。

「で、お役は？」

「御耳役だ」

「は……？」

ついぞ聞き慣れぬ役名である。

「そなたのために、新たな役を作ったのじゃ」

「して、御耳役とは、いったいどのような御役でございましょうか」

「江戸留守居役が、他藩においては、聞役《ききやく》とか公儀人とか呼ばれているのは知っておるか」

「あ、はい」

たとえば鳥取藩などは、聞役と呼ぶ。

「要は、聞役をまっとうするためには、耳役が必要になる、ということじゃ」

「ははあ……」

まるで、わからぬ。

「まあ、そんな顔をするな。噛んで含めるように説明いたすほどにな」

「お願いいたします」

「じゃがの……」

なぜか、松田は声をひそめ、

「ちょっと、近うに」

と勘兵衛を呼び寄せた。

そして囁くようにいう。

「余人の耳に立ってはならぬ。場所を変えたい」

「では、いずれにて？」

勘兵衛も囁いた。

なにごとか、秘密の匂いがする。

なぜか、勘兵衛の血が騒いだ。

「今夕は、ちと所用があってな。日を改めてのことにしたいのだが」

「わたしは、いつにてもかまいません」

「そうか、ときに、日高氏《うじ》と密かに会っていたという料理屋があったな」

「はい。田所町の料亭で「和田平」といいます」

「そうか。密談が漏れる心配はないか」

「離れもございますし、あるいは二階座敷を借り切ってしまえば、まずその心配はございますまい」

「ならば、そこにて、明日の六ツ刻（午後六時）でどうじゃ」

（さて……？）

と勘兵衛が一瞬考えたのは、明日の八日が大伝馬町の、天王祭最終日であったな、と思いあたったからだ。

大伝馬町と［和田平］は、指呼の距離にある。祭礼が終わって、満席ということもあり得るかもしれない。

だが——。

藩邸の誰にも聞かせられぬような密事があるなら、一刻も早く聞いておきたい。

（女将に頼み込んででも、なんとかしよう）

そう決めて、答えた。

「承知いたしました。帰りがけにでも手配しておきましょう」

「そうしてくれ」

「あ、忘れておりました。［和田平］には小夜という女将がおりますが、入られましたら、丸どのの連れだ、とおっしゃってください」

「なに、丸どの？　それが、そなたの通り名か」

「さようで」

「なるほどのう。いや、それは愉快じゃ」

松田は、大いに笑った。

小名木川夜行

1

幸いに［和田平］の離れを押さえることができた。

松田との約束は六ツだったが、この日、勘兵衛は、半刻も早く［和田平］に着き、離れの周囲や床の下まで注意深く見てまわった。念のためである。

［和田平］の母屋には、真っ直ぐ奥まで〈通り庭〉と呼ばれる土間が続いていて、その突き当たりに木戸がある。

この木戸を開けると、反り橋を模した小橋を渡って、方形《ほうぎょう》屋根の小ぶりな建物につながっている。これが離れであった。

小さな庭もついている。

部屋は十畳ばかりで、庭に下りると左手に石畳が続いており、その先に厠《かわや》があった。その厠も調べ、次に庭を調べていると、女将が冷やし茶を運んできた。

「まあ、まあ、あまり手入れも行き届きませんで……」

茶を縁側に置くと、女将も庭に下りてきて、

「今宵は、なにやら、大切なお話し合いがありますんやろ」

女将には、呼ぶまでは人払いを頼んでいた。

「いや、たいした話でもないのだが」

「どないな会合でも、心得てお世話させてもらいますよってに、いつでも、遠慮のう、言《ゆ》うてきてくだされや」

「いや、こちらこそ、よろしくお願いいたす」

「まあ、そんな他人行儀な言い方、やめておくれやす」

鈴を張ったような目で、恨めしげに睨まれて、勘兵衛は、どぎまぎする。

女将はまだ三十前で、匂い立つような色香が、こぼれ落ちんばかりであった。

「それでなあ、勘兵衛さま」

「は、はい」

勘兵衛さま、と名で呼ばれて、少しうろたえた。

「ちょっと、こちらへ」

女将は那智黒石を敷き詰めた上に、小さな石灯籠を置いたところに勘兵衛を招いた。

石灯籠の向こうには、竹のはらみ垣が張りめぐらされている。

「ここんところにな……」

石灯籠の先、小広く空いた庭土の上で、女将は垣根の上方に腕を伸ばした。

二の腕まで白くあらわになった、むっちりした肌の白さがなまめかしい。

思わず目をそらそうとした次の瞬間、

(お!)

なんと、はらみ垣の一部が手前に倒れ込んできて、ぽっかりと口を開けたではないか。

(隠し戸か)

隠し戸の先は、ひと一人が通れるほどの路地になっていた。

「左は、うちの勝手口で、先は行き止まりです。右だと、大門通りへ出まっさかい」

「さようか……」

女将は、また元のように隠し戸を閉じ、竹節に似せた栈留《さんど》めのありかを教えてから、

「こっち側からしか開きませんし、店の者にも教えてまへん。なにごとか、あったと

きのために、お教えしておきます」

「それはまた……、いや、ありがたいことでござる」

　さては、用心のため、勘兵衛が厠の中までを調べていたことを知ってのことだ、と
勘兵衛は恐縮した。

　と思ったら――。

「なんですか。父が江戸をしばらく離れますようで……」

　父、というのは日高老人のことだ。

「はあ、そのようにお聞きいたしました」

「そうなりますと、やはり、心細うて……。あとは、勘兵衛さまだけが頼り。どうか、
せいぜい、お通いくださいますように」

　婉然《えんぜん》と見上げる女将のことばが、商いのための口説き文句やら、それとも……と考
えて、勘兵衛は、かっと身内が熱くなった。

　そんなことがあり、約束の刻限も近づき、やがて松田与左衛門がやってきた。

　供も連れずに一人きり、しかも藍微塵《あいみじん》の単衣の着流し、という恰好だから、まるで
貧乏御家人のような風体である。

「刀をな、とられてしもうたわ」

案内してきた女将のほうを見て、松田が言うと、女将は袖口で口元を隠して笑っている。

「それが、こういうところの、決まりだそうで」

「そういうものか」

すぐに茶を運びますと、女将が消えたあと、

「なかなかに、よくお似合いです」

勘兵衛が松田の服装のことを言うと、

「軽口を申すな。これでも変装のつもりよ。ついさっきまでは、一文字笠とやらまでかぶっておってな」

「近ごろ流行の笠ですよ。で、その恰好で、お屋敷から？」

「まさかに、そうはいかぬ。実はの……」

［高砂屋］に立ち寄って、借り着してきたのだという。

御留守居が、これほど用心するくらいの密事とはなにか——。

勘兵衛が表情を引き締めようとしたとき、

「それにしてもよ」

「はい」

「いやあ、ここの女将は、なかなかに色っぽいのう。なあ、丸どの」

松田にからかわれ、勘兵衛は苦笑するほかはない。

やがて、よく冷やされた茶が届き、

「お呼びあるまでは、しばらく人は近づけまへんよってに。ご用がございますときは、この……」

女将は、入り口近くの引き紐を示した。それで呼び鈴でも鳴るのであろう。

さらに入り口の戸は、内側から錠がかかりますから、と説明して女将は消えた。

「なにやら、江戸城大奥の、御鈴口のような仕掛けじゃな」

松田は感心したように言うと、

「そうそう、［高砂屋］に立ち寄ったついでにな、そなたの居候の件も話をつけてきた。いつにても、都合よきときに引き上げればよい」

「それは、ありがとうございました」

「［高砂屋］藤兵衛はともかく、店の者への口実として、そなたの弟も江戸に出てくることになって、二人で長屋住まいをすることになった、ということにしておいたぞ」

「それは助かります。それなら角も立ちませんでしょう」

「では、せっかくの仕掛けゆえ、入り口の錠でもかけておくか」

「かしこまりました」

勘兵衛は、入り口を固めながら、

（いよいよだぞ）

と思った。

2

「さて、そなたの、御耳役のことじゃ」

「はい」

「読んで字のごとし。つまるところは我が耳となって、江戸市中あまねく、貴賤に関わりなく、悪評、吉左右《きっそう》を問わず噂を集めてほしいのじゃ」

「ははあ」

勘兵衛は首をかしげた。

吉左右とは、よい報せのことだが、これではあまりに抽象的に過ぎる。

「噂と申しましても……いったい、どのような噂を集めたらよいものか。我が藩に関するもの、と考えてよろしいのでしょうか」

「まずは、それじゃ。しかし、悪口、雑言などは、こちらから話を持ちかけても、なかなかに耳に入るものではない。自然に入れば、それでよし、くらいの気持ちでの。要は、我が藩にて、利益、不利益になりそうな話題でもあれば、それを報告してくればいいのじゃ。たとえばな……」

「はい」

「我が藩には、銀や銅を産出する以外に、きわだった特産品はないが、仮に商人どもの噂にて、近ごろ銀の相場が上がりつつあるとなれば、増産すれば、これ利益となって返ってくるわけだ」

つまりは、情報官としてのお役目らしい。

「ご意向のほどは捉えてございます……」

言って勘兵衛は、

（しかしながら……）

と出かかる次のことばを、飲み込んだ。

昨日、松田が、

——噛んで含めるように説明いたすほどにな。

と言ったのを、思い出したからだ。

勘兵衛は、次のことばを待った。

「さて、なにより話せばよいか……」

松田与左衛門は、茶をひとくち飲んだのち天井を仰ぐと、ふうっと大きな溜め息をついた。そして、いきなり言った。

「隠さず申せば、我が殿は、幕閣より睨まれておる」

「それは、まことで……！」

勘兵衛は緊張した。

「それが密事じゃ。そなたの役目がら、話しておかねばならぬが、きょうここでのこと、いっさいの口外は無用。家臣たちに、無用の動揺を与えてはならぬでな」

「心得てございます」

「うむ。では申すが、殿が、というより、我が藩が幕閣にうとまれておることは、まちがいない。これは、ゆゆしきことじゃ。他家の例を見るまでもなく、幕閣は鵜の目、鷹の目で大名家改易の口実を探しておる。我が藩とて、いつ、どんな理由で取り潰しの憂き目に遭わぬともかぎらぬのじゃ」

「………」

「これを、決して、年寄りの妄想などと思うではないぞ。あの肥後の加藤家でさえも、嫡男の、ちょっとしたいたずらをとらまえられて、五十二万石を棒に振ったのじゃからな」

先の将軍、家光のころ、世間に謀反の噂が流れたとき、江戸にいた熊本藩の嫡子が友人に対して、児戯にも似た悪ふざけをしたことを咎められて家を潰している。

もう四十年も昔の話を松田は持ち出したが、改易になったり、減知されたりした大名の話は、近ごろも、枚挙に暇《いとま》がない。

「しかし、なにゆえに我が殿は幕閣に睨まれておるのでありましょうか」

「それじゃ……」

松田は苦渋の表情を見せたのち、

「あるいは、この松田の……我が罪でもある。それゆえに、わしは、どうあっても我が藩を潰させはせぬ……と、固く心に思い定めておるのだ」

「松田さまの……罪でございますか」

「そうじゃ。例の、松平近栄《ちかよし》さまの一件じゃ」

今の藩主の松平直良は、四十八歳のときに、ただ一人の男子を亡くした。

そこで兄の家から松平近栄を娘に娶《めあわ》せ、婿養子として跡を継がせることにした。ところが、その一方では松田が奔走し、ついに待望の男子を誕生させた。それが現在の若殿で、勘兵衛と同年の松平直明である。

この結果、大野藩では、近栄派と直明派に二分して、長い闘争があった。

その間、松田は直明の傅役《もりやく》として、これを庇護し、ついには世子とすることに成功する。それが七年前のことであり、近栄は実兄より三万石を分譲され、出雲広瀬藩を創設することで決着をみている。

「あのことが、まだ尾を引いておりますのか」

「それは、そうじゃ。幕閣にも届け、一旦、跡継ぎとしたものを反古《ほご》にしたのだ。睨まれて当然、それゆえに下馬将軍に願って若君に姫をいただいたほどじゃ」

下馬将軍とは、幕閣の実力者である大老の酒井忠清のことである。そして十五歳の直明のもとへ、忠清とは縁戚につながる、十二歳の仙姫が嫁してきた。

なるほど、やはりあれは、松田の工作による政略結婚であったのだな、と納得できた。

「あれで、少しの効果はあったが、油断はできぬ。なにしろ肝心の下馬将軍が、近ごろは、ちとな……」

専横が目立って、評判が悪い。

「万一、足をすくわれて、失脚するようなことにでもなれば、こちらにまで、とばっちりがこぬともかぎらぬ。いや、そうはならぬように、いまのうちに一人でも多くのお味方を得ておかねばならん。たとえば、大和郡山の中書家とか、老中の稲葉さまとかな」

「それが、お助けになりましょうか」

まるで、風が吹けば桶屋が儲かる式の話は、勘兵衛の理解を超えている。

「なるとも。わかっておろうが、中書家にとって、仇の本多政利の後押しをした下馬将軍は、やはり敵じゃ。一方で稲葉さまはお味方、近ごろでは、なかなかにお力を養っておられる。つまりは勘兵衛、そなたは、そうと気づかぬうちに二股膏薬を貼ったのよ」

先の根府川往還における中書襲撃事件を未遂に終わらせるにあたっては、老中の稲葉正則が極秘裏のうちに動いている。

「いや。わたしに、そのような……」

「よいよい。それが政治というものよ」

「ははあ……」

なんのことはない。二股膏薬を貼ったのは、この松田ではないかと、勘兵衛は思った。

「とにかくな。幕閣には、一人でもお味方を増やしておきたいのじゃ」

松田は、そう繰り返したあと、

「なにしろ、悩みの種は、まだまだあるでのう」

「ほかにも、なにか」

「あらいでか。考えただけでも、胃が痛むわ」

「それは、どのようなことでございましょうか」

「うむ。いずれ話すときがこようが、これを話すのは、まだ早い。さて、どうしたものかと、今は、わしにも考えがまとまっておらぬのだ。ただ、それが改易やら減知やらの口実にされかねないほどの大事だと思え」

「まことでございますか」

なにかはわからぬが、松田が言うくらいだから、藩の危機かもしれぬ。なるほど、これは密事だった。

「幸いそなたは、例の中書家襲撃の一件で、稲葉さまにも覚えがめでたい。ついては、ほかにも、そなたに引き合わせておきたい人脈もある。おいおい引き合わせていくほどに、少しでも、我が藩のお味方を増やすよう、これより励んでほしい」

「承知しました」

おぼろげではあるが、松田の意図が見えてきた。

「今回のことが無事片づいたとしても、まだまだ、心配ごとは絶えぬ」

「まだ、あるのですか」

「ほかでもない。直明さまのことじゃ」

「はあ」

親友で、直明の近習となっている伊波利三《いなみとしぞう》から、若殿の芳しくない噂は聞いていた。すぐに家臣を手討ちにしたり、町から女を引っ張り入れたりしているらしい。

「わしの育て方が悪かったのじゃ。我が殿も、もはや七十一歳に相成られる。いずれ近く、直明さまが御家を継がれることになろうが、問題は、それからのちのことじゃ。たとえ直明さまが重大な過失を犯してしまったとしても、それでも藩が潰れぬように、前もって、十分なる工作を施しておかねばならぬのだ」

果たして、そんなことが可能か、と勘兵衛は思う。

しかも松田は、まるで若殿が、いずれは失策を犯す、と決めているように言う。

だが、なるほど、留守居役というのは、藩の死活に関わる重大なお役なのだな、ということが勘兵衛には、ひしひしと伝わってきた。

「なにを、どうすればよいかは、わしが考える。そなたは、そこのところを腹に入れて、これまでどおりに飛びまわっておればよい」

「は……？」

勘兵衛にすれば、最後のところで、肩すかしを食ったような気分になった。

「これまでどおり……と、おっしゃいましたか」

「そんな顔をするな。そなたに権謀術策は、まだ無理じゃ」

「それは、そうでございましょうが……」

「というより、術策などそなたには似合わぬ。今のままがよいのだ。自身では気づいておらぬだろうが、そなたには、知らぬ間に相手の内懐に飛び込んでしまう、不思議な才がある。それを信じよ。あるがままの姿でよい。お味方を増やせと言うたが、なにもへつらうことはないのじゃ。心のままに、地のままに、そこのところが肝要じゃ」

なるほど松田は噛んで含めるように、ますます熱弁をふるうのであった。

3

さて翌日から勘兵衛は、少しばかり忙しいことになる。

松田は役務の隙間を縫うようにして、ちょっとばかり身体があきそうになると、すぐに使いをよこして、次次と勘兵衛を連れまわすからだ。

まさに夜討ち、朝駆けといった感じで、松田が勘兵衛に引き合わせる人物は、老中、稲葉正則の家老や用人をはじめとし、幕閣の大目付や目付、さらには南北の町奉行、火盗改め、旗本や数多くの商人、果ては増上寺の掃除番にまでいたっていく。

松田の人脈の広さに勘兵衛は、改めて目を瞠る思いであったが、これをいちいち書き連ねたとて、うるさいだけだから、必要なときにのみ登場させることにする。

まず［和田平］での密談の翌日、松田が勘兵衛を連れていった先は、外桜田御門外の小田原藩上屋敷であった。藩主は老中でもある稲葉正則だ。

ここで勘兵衛が紹介されたのは、小田原藩家老にして留守居役の田辺信堅であった。

「おう、根府川往還の件は、話には聞いておるぞ。万が一にも我がご領内で、かのような事件でも出来《しゅったい》しておれば、まさにゆゆしき事態であった。そうか、そのほうが落合勘兵衛どのか」

というような話があり、稲葉家用人にも引き合わせてもらってから、勘兵衛たちは小田原藩上屋敷を辞去した。

「では、また、身体が空きそうな折にでも連絡《つなぎ》をとるからな」

松田が言うのに、

「はい。猿屋町には、八次郎なり、長助なりを待機させて、いつなりと連絡が取れるようにしておきます」

答えて勘兵衛は、門前で松田と別れたのち、はて、と考えた。

きのうからはじまった〈団子天王〉で、［高砂屋］界隈は、きょうも混雑の極みとなっている。

一方、町宿のほうだが、こちらはこちらで、きょうから鳥越明神の祭礼がはじまり、大にぎわいになっている。町宿のある猿屋町も三番練物《ねりもの》を繰り出して、大騒ぎだ。

いかに夏祭りの季節だとはいえ、こう行く先々で祭りがあると、少少食傷気味であった。十五日からは、天下祭りとも呼ばれる、山王祭もはじまるのである。

まだ、どちらとも決めかねたまま勘兵衛は、堀端の八代洲《やよす》河岸を歩き、呉服橋を渡って通一丁目へ出た。知らず知らず、まだ天王祭の続いている南伝馬町界隈を避けている。

（久しぶりに、汗でも流すか）

このところ、いろいろあって、もう七日ばかり高山道場に顔を見せていなかった。

もっとも勘兵衛は、過日に火風斎より見せられた〈磯之波〉の型を、毎日、毎日、一人で練習を重ねてはいる。

（きょうは、ひとつ、政岡《まさおか》さんを相手に〈磯之波〉を試してみよう）

などと考えていた。政岡進《すすむ》は師範で、勘兵衛とは剣友のような関係であった。

ところが松田町の高山道場に入ると、

「ああ、落合さま」

道場の下男が出てきて言うには、

「小半刻ばかり前ですが、新高八次郎という方が見えて、ご伝言がございます」

「はて、八次郎が……。で、なんと」

「はい。長助という者が筋違御門のところで待っている、とのことでございますよ」

「そうか。それは、すまなかったな」

（はて、なにごとであろう）

と勘兵衛は思う。

（そういえば……）

いつもなら行き先を告げて出かけるのだが、松田との訪問先を秘するがよかろうと、きょうは教えていない。

そこで心当たりに八次郎が走り、長助が待つ、というかたちをとったのであろう。

こういったことが起こるのも、現在の勘兵衛には居候先と町宿という、二つの塒《ねぐら》があるゆえで、まもなく居候先は引き上げるから、それで解決することだった。

やがて筋違御門まできた。

「どうした、長助」

「これは旦那さま。［千束屋］の親分が見えられて、旦那さまがお帰りになるまで待つ、などとおっしゃいますもんで」

「政次郎さんが……、お一人でか」

「いえ、ご浪人もご一緒で。左肩に手傷を負われているようでございますが」

「ああ、それなら横田さんだ」

そこで長助とともに、猿屋町へ向かう。

想像したとおり、長屋入り口付近の道は祭礼の人出であふれかえっていた。

長屋の木戸を入り、突き当たりの町宿に入ると、すでに八次郎は戻ってきていて、

「よかった。長助に会えたのですね」

にっこり笑った。

「走りまわらせたようで、悪かったな」

勘兵衛はねぎらってから、奥の座敷に通った。そこに政次郎たちがいた。

「お留守中に、お邪魔しておりますぞ」

「それはよいが、しばらくは、あまり出歩かんほうが、よいのではありませんか」

政次郎は、つい先日に襲撃を受けたばかりである。

「なんの。昼日中に襲ってくることはありますまいし、ちょうど鳥越の祭りで、それにまぎれて、と考えましてな。ま、用心のため、こうして横田先生にも同行してもらっております」

傍らで茶を啜っていた横田が、軽く右手を挙げたが、たちまちしかめっ面になった。傷に響いたのであろう。

（その、横田が頼りにならんのだ）

そこそこの腕ではあるが、小野派一刀流高山道場において、勘兵衛は早くも印可を得ていたが、横田は、まだ目録どまりである。

「それより落合さま。いったい、どのような手をお使いになったのじゃ」

「はて、なんのことですか」

「例の、新保龍興さんのことです」

「はあ、新保さんが、どうかしましたか」

「きのう、突然に現われまして、一両一分二朱分の仕事はさせていただく、と、こう申しましてな。はじめは、なんのことやらわかりかねましたが、どうやら、落合さまの仕業らしいと知れましたもので」

「ははあ、現われましたか」

偏屈者と聞いていたので、あるいは、と思っていたが、勘兵衛の作戦は見事にあたったようだった。

「おかげで、まことに心強いかぎりでございますよ。ところで、一両一分二朱というのは、いったい、どのようなわけでございましょうかな」

「まあ、それはよいではないか」

溜めた店賃にくわえて、百笑火風斎の食い扶持を先払いしてきたわけだが、勘兵衛に、それを言うつもりはない。

「やはり、あれでございましょうか。落合さまが先日お助けしたという、新保さまの義理の父上が絡んでおいでなのでしょうな」

わからぬと言いながら、［千束屋］は、ちゃんと押さえるところは押さえていた。

「まあ、さようなわけで、きょうはご報告とお礼をと思いまして。そうそう、立て替えていただきました金子も、お返しせねばなりませんのでな」

政次郎は懐から、半紙に包んだ金を取り出した。

「そうか。いや、立て替えをしたつもりではなかったのだが」

素直に受けとって、尋ねてみた。

「しかし、一両一分二朱分だけ働く、というのが、いささか気懸かりではありませんか」

「なんの。すでに十両は超えておりますから、当分は大丈夫でしょう」

「なに、追い金でも要求されたのか」

勘兵衛は、信じられぬ思いであった。

「いいえ。そういうことではありませぬ。実はですな……」

言いよどんだ政次郎の横で、横田が笑いをかみ殺している。

「驚いたことに、あの新保どの、働こうにも刀を持たぬ、とおっしゃいましたもんで」

「なんと」

想像を絶する答えが返ってきた。

「腰のものを拝見いたせば、たしかに竹光でございましてな。それで、さっそく加賀町の刀剣屋まで出かけましたわけで」

(そうか……)

そこまで貧しておったのか、という思いと、先の回向院で、ならず者に襲われたとき、新保が抵抗らしい抵抗をしなかったことも、腑に落ちたのである。

「で、新保どのは、どのような刀を選ばれたのだろう」

火風斎の、長柄、長刀を知っているから、勘兵衛は尋ねてみた。

「これといって、ごく平凡なものでございますよ。もっとよいものを、とお奨めしたのですが、いや、この程度で十分、とおっしゃってな」

「ふうん」

勘兵衛にしてみれば、なんとなく肩すかしを食ったような気分であった。

刀の値などというのは、物によっては天井知らずであるが、安刀《やすがたな》なら、一振り三両ばかりで買える。古道具なら、もっと安い。

しかしながら、加賀町あたりの刀剣屋で脇差しとともに揃えたとすれば、そこそこの値段はしたはずである。それで、勘兵衛が立て替えていたのと合わせて十両そこそこことというのは、それほど立派な刀ではなさそうだ。

（ま、弘法は筆を選ばずという）

勘兵衛の刀からして、それほど立派なものではなかった。

「で、新保どのには、猿江村から、お通いか」

「いえ、それでもよいと申し上げたのですが、新保さまは住み込みにしてほしいということで、まあ、私には願ったりかなったりでは、あるのですが」

「ほう。そうなのですか」

（すると……）

あの猿江村には、火風斎と、孫の龍平の二人きり……。

近く暇を見つけて、猿江村に行ってみようかと勘兵衛は考えていた。

「それは、そうとな……」

横田が言った。

「俺を斬りよった浪人の名がわかった」

「ほう」

「嵯峨野《さがの》典膳《てんぜん》とか名乗る、馬庭念流《まにわねんりゅう》の免許持ちだそうだ」

「馬庭念流……」

剣筋を見たことはないが、念流のことは聞いたことがある。

右手を斬られれば左手で、左右の腕なくば嚙みついてでも、ただ一念をもって敵を倒す剣だといわれている。

「そんなのが、［般若面の蔵六］の用心棒をしているのですか」

「いや。それが、そうでもないらしい」

横田が政次郎を見た。

「例の安井長兵衛に雇われておる用心棒らしゅうございます」

安井というのは、政次郎に敵対する日傭座支配である。

「これで、般若と安井がつるんでおるのが、はっきりしたわけで……」

勘兵衛の心配をよそに、政次郎は涼しい顔だ。

「くれぐれも、用心してください」

勘兵衛には、そうとしか言いようがない。

4

三日後のことである。

勘兵衛は八次郎と二人、膳をならべて夕餉をとっていた。

すでに昨日、勘兵衛は［高砂屋］に暇《いとま》の挨拶を告げて、正式に猿屋町の町宿に移った。昨夜は初めて、ここに泊まったのである。

「昔は伊賀上野の藤堂家に仕えていた、松尾宗房《むねふさ》という方がおられるのですが……」

八次郎は、俳諧の話をしている。

本町河岸の高橋幽山宅で開かれる輪講では、松尾という執筆《しゆひつ》の講ずる話が、いちばんおもしろいというのだ。執筆は連歌、俳諧の席での記録係であると同時に、会席を滞りなく運ぶ役でもある。

それが一年後には桃青《とうせい》と号し、さらには俳聖芭蕉となっていく人物であった。

「では、その松尾という方は、ただいまは浪人中の身の上か」

「さて。本船町《ほんふなちよう》あたりで、町抱えの書き役をしているそうでありますが」

「では、早坂生馬どのと同じだな」

［千束屋］の世話で、早坂も堀江六軒町の町抱えになっている。

「俳諧もよいがな」

勘兵衛が話題を変えようとすると、

「わかってございます。もちろん、探索を忘れたわけではございません」

八次郎が早手まわしに答えて、勘兵衛は苦笑した。

「そのことではない。わたしも、ここで寝起きすることになったゆえにな」

「はい」

「ときおりは、おまえに剣術の稽古をつけようと思う。それとも、おまえも高山道場へ通ってみるか」

「ははあ、剣術なら、子供のころより、ずいぶんと頑張りましたが」

「頑張っただけでは、いかん。せめて自分の身は守れるくらいにならんとな」

「嵯峨野典膳とかいう、おそろしげなやつも出てきましたし……ね」

過日、[千束屋]がきて話したことを、八次郎も聞いていたらしい。

「そういうことだ。あまり関わるつもりはないが、[千束屋]とつきあっている以上、いつ、こちらにまで火の粉が飛びかかってこぬともかぎらぬからな」

「そうですね。じゃ、旦那さまのお手を煩わしてもいけないので、高山道場に通うことにいたしましょうか」

やはり心配になったのだろう、八次郎が言う。

「ああ、しっかり励め」

言って、勘兵衛は、

「きょうは、風が強いな」

先ほど来ずっと、表戸が、かたかたと鳴りつづけていた。

「さようです。雨は落ちぬものの、どうも雲行きが怪しゅうございました」

「うむ。しかし……」

勘兵衛は首をかしげて、耳を澄ました。

「風だけでは、なさそうだぞ。誰か、客ではないのか」

「はて、ちょっと見てまいります」

立ち上がった八次郎が、やがて戻ってきて言うには、

「ええと、［千束屋］の若い者で、五郎とかいうのが、きております」

「なに、［へっついの五郎］がか」

「は、へっついの……」

八次郎の目が丸くなった。

「おう、久しぶりだな」

勘兵衛が玄関先に出ていくと、

「へい、一別三春《いちべつさんしゅん》でごぜぇます。っていうより、てぇへんで」

「どうした。なにがあった」

もしや……と、不吉な予感が胸裏によぎる。

「まずは、ゆんべのことでござんすが、例の回向院の目隠し剣術屋が、暗くなってから、ふぃっと姿を消した、と思っておくんなせぇ」

「新保さんがか」

「へぇ。なあに、一刻ばかりで戻ってはきなすったが、驚くじゃありませんか、剣術屋は単身、霊岸島へ乗り込んで、般若の若ぇもん《わけ》を、五、六人がとこ、ぶった斬ってきなさったそうで」

「なんと……」

「なんでも［般若面の蔵六］を斬るつもりだったそうですが、なんとも悪運の強い野郎で、その夜は、用心棒ともども、吉原だかどこだかへ出かけていて、へい、とんだ不首尾の松で」

「ううむ……」

うなるしかない。

それにしても、ずいぶんと無茶なことをしてくれたものだ。

「そうなるてぇっと、般若面だって黙っちゃいねえや。今朝から、八方手を尽くして調べていたようだが、とうとう［千束屋］に目星をつけたようで、ただいま、我が周辺を取り囲んでおりやして、まさに、一触即発ってぇ状況で。そんでもって、出れば喧嘩騒ぎは必定にて、籠城中でござんすのさ。あっしは、屋根づたいにそっと囲みを破り、こうして、いざ、ご注進ってぇわけで。へえ」

「へっついの五郎」、相も変わらず、よく舌がまわる。

「ふむ。そうか」

勘兵衛はしばらく考え、

「よし、まいろうか」

「へ？　まいる、ってどちらへ」

「決まっておる。［千束屋］だ」

「そりゃ、いけません。［千束屋］なら大丈夫。あまりの不穏さに、町方たちも目を光らせておりやすから、こちらから仕掛けないかぎり、へえ、敵だって動きがとれやしませんや」

「なら、なんで、おまえは、ここにきた」

「そりゃ、親分が……、いやさ旦那がね。猿江村のほうを心配していなさるんで。そっちのほうに、剣術屋のご子息がいらっしゃるんでがしょう」

「おう」

そういうことか、と勘兵衛も気づいた。

すでに［般若面の蔵六］では、昨夜の襲撃相手が、新保龍興であったことを知っている。

蛇の道は蛇だから、いずれは、新保の住処《すみか》だって嗅ぎつけるにちがいない。

「で、新保さんは」

「へい、そのまんまに［千束屋］で。なにしろ一徹なお方で、この決着がつくまでは、ここを一歩も動かぬ、ってえ具合で」

［般若面の蔵六］は、目をつけた色子を、強引にかっさらおうとしたような悪人だから、龍平をどうにかしよう、くらいのことは平気でやりそうだ。

「よし、わかった。猿江村のほうは、わたしがなんとかしよう。戻って、政次郎さんに、そう伝えてくれ」

「ありがてぇ。じゃ、おことばに甘えて、戻らしていただきやす」

言うと［へっついの五郎］は、あっという間に玄関先へ消えた。

猿江村には、火風斎がいる。その点が心強いが、この秋までは保《も》たないだろうという身体であった。

「八次郎！」

「はい」

「聞いてのとおりだ。百笑どのと龍平を、この家に連れ帰る。わたしはすぐに出発するが、おまえはな……」

「はい」

　船宿で猪牙を雇い、先日、猪牙を着けた猿江橋横の船会所で待て、と告げた。

「二丁櫓だと三人乗るのが、せいぜいでございますが」

「帰りは、おまえが歩けばよいではないか」

　言うと、八次郎は、げんなりした顔になった。

5

　すでに、とっぷりと日が暮れている。もう、六ツ半（午後七時）は過ぎていただろう。

　軽衫《かるさん》をはき、足固めも十分にした勘兵衛は、提灯を手に両国橋に向かって早足で歩いた。

　風は強めだが、雨は降っていない。

猿江村へは約一里。

両国橋を渡った勘兵衛は、一ッ目之橋で竪川《たてかわ》を渡り、左に深川村を見ながら御船蔵前を過ぎた。御座船安宅丸《あたけまる》の巨大な船影が、黒ぐろと浮かんでいる。

その先に、尾張家下屋敷と関東郡代・伊奈半十郎の屋敷が並んでいた。その伊奈屋敷の角が小名木川口であった。

蛇足ながら、勘兵衛が曲がった、この角地、かつては番所があったので〈元番所〉と呼ばれており、もう少し年を経ると芭蕉が住んで、〈芭蕉庵〉と呼ばれるところである。

さて伊奈屋敷を背に、左より小名木川へ合流してくる六間堀川を橋で渡ると、そこはもう江戸郊外だ。

ところどころ、武家屋敷や農家が点在するばかりの、のどかな畑地であった――というより、周囲は漆黒の闇である。

ぽつんぽつんと灯りが滲み出しているところは、農家であろうか。人通りも絶え、右手から川音が聞こえてくるものの、水の流れすら見えない。

そんな川沿いの暗路を、勘兵衛は進む。

そして、だんだんに暗闇にも目が慣れてきたころ――。

「お！」

ふと川中に、灯りが揺曳しているのに気づいた。

（あれは、舟提灯ではないか）

この小名木川に架かる橋は、洪水で流されぬように、両岸に石畳を積み上げて、平地より五尺（一・五m）以上も高く架けられている。

特につい先ほどまで勘兵衛の眼前にあった橋は、高さが家の屋根を越えるといわれるほどのもので、名も〈高橋《たかばし》〉とつけられている。

その〈高橋〉に遮られて見えなかったものが、今はっきりと目に入ったのである。

「…………」

勘兵衛は目を凝らした。

釣り船のようだが、こんな風のある日に夜釣りとも思えぬ。距離はおよそ、一町ほど先。

人影は……。

船頭以外に、三、四人はいるようだが、はっきりとしない。

ある予感があった。

勘兵衛は、さらに足を速めた。

のぼり舟のうえに向かい風も重なって、船足はひどく遅い。

一町の距離は、あっという間に縮まった。

そこで勘兵衛は、自分の提灯を吹き消した。

畳んだ提灯を小脇に抱え、あとはひたひたと舟を追った。

暗闇の道だが、幸い道は真っ直ぐで、足裏は土手の高低をしっかり伝えてくる。

（四人か……）

距離が詰まるにつれて、船上の人影もはっきりしてくる。切れぎれだが、話し声も流れてくる。

一人は侍のようだが、これが月代《さかやき》を剃らない立髪《たてがみ》で、いかにも浪人然としている。

残る三人は、服装からして遊び人ふうで、一人などは、飛びつきそうな猩《しょうじょう》猩緋《ひ》だ。

やはり、怪しい。

［般若面の蔵六］の、手の者ではなかろうか――。

そう考えた予感は、ますます現実味を帯びてきた。

「先生、そろそろですぜ」

勘兵衛の足が、川舟を追い越そうとするとき、そんな声が聞こえてきた。

「だが、まだ五ツ（午後八時）どきだ。少し早かろう」

「さっさと、片づけてしまいやしょうぜ」

「百姓どもに騒がれても厄介だ。一刻ほどは、どこかで待とう」

「待つといったって、このあたりは、なにもねえところでござんすよ。なあに、相手はガキ一人じゃござんせんか。さっさとひっさらって引き上げましょうや」

そんな会話に――。

（うむ……！）

まちがいはない、と勘兵衛は確信した。

猿江村は、もう目前である。

ちょうど水戸御蔵の門前に近く、辻番所から漏れる灯りが行く手を明るませている。

勘兵衛は走った。

「お、なんでぇ、あの野郎」

勘兵衛の影に気づいたか、そんな声が背のほうでした。

一足早く猿江橋を渡りきり、勘兵衛は風にそよぐ柳の木に身を隠して、提灯を置いた。すぐ真下が船会所の船着場だ。

弾む息を静める。そして待った。

ここで決着をつけるつもりだ。

櫓の音と、舳先に吊るした舟提灯が、徐徐に近づいてくる。

(許せぬ……!)

息が静まってくるほどに、勘兵衛の中に怒りが湧いてきた。

まだ十歳の龍平をさらおうというのは、これを人質に、新保龍興をおびき出そうというのであろう。

(なんと卑怯な!)

果たして敵は、噂に聞いた嵯峨野典膳であろうか——。

(勝てるか?)

「………」

(先手必勝だ)

相手が一念で倒す剣ならば、こちらは迅速の剣で勝負を決める。

勘兵衛は柳の木の下で、早くも鯉口を切った。

そして舟が、今や船着場に着こうかというとき——。

勘兵衛は敢然と柳の下から姿を現わした。そしてゆっくりと、船着場への階段を下った。

「おっ、なんでぇ、てめえ」

舟中から怒号が湧いた。

その間に、勘兵衛はじっくりと間合いを詰めている。

勘兵衛は言った。

「[般若面の蔵六]のところの者か」

「それが、どうしてぇ！」

「ならば、ここは通さぬ」

「いってぇ、どこの三一《さんぴん》だ」

鬱金《うこん》色の地に、青緑色で鸚鵡《おうむ》を描く、という派手な衣裳の遊び人が、船提灯を取ってかざした。

そして言う。

「おおっ、どっかで見た面《つら》だな」

勘兵衛にも、その顔に覚えがある。

そして立髪の浪人が、

「またも、おまえか」

苦々しげに吐き捨てた。

そちらも、勘兵衛には見覚えがあった。

「そうか。たしか如月《きさらぎ》のころ、浜町河岸で会うたな」

［千束屋］を襲撃した、あの浪人とやくざたちであった。

「重ね重ねの邪魔だて、もはや許さぬ」

「じゃ、どうするね」

勘兵衛のあざけりに誘われたか、

「斬る！」

言って浪人は、まだ舫《もや》われもせぬ舟から船着場に飛んだ。しかも空中で、横薙ぎに白刃を鞘走らせている。

だが、それより早く勘兵衛の剣は、真っ向から浪人の肩を襲っていた。

その斬撃を、浪人は空中で身をよじり、さらには刀剣で払おうとしたが、そのときすでに遅く、勘兵衛の刀が首筋に食い込んでいた。

「ぐわっ！」

奇妙なうなり声をあげて、浪人の身体は、船着場と舟の間に落ち込んだ。

勝負は、一瞬のうちに終わったのである。

「げっ、先生！　高宮先生よう」

遊び人たちが騒ぐ様子では、川へと落下した浪人は、嵯峨野典膳ではなかったようである。

いくら腕に覚えがあるとはいえ、高宮という浪人のとった行動は、あまりに無謀に過ぎた。

「どうする。おまえたちも、鰻の餌になるか」

血振りを終えた勘兵衛が白刃を突き出すと、

「わあっ！　おい、行け、行けぇ！」

わめき声とともに、川に落ちた高宮を助け上げることもせず、舟は泡を食ったように船着場を離れていった。

下り川に乗って、舟影はみるみる遠のいた。

再び闇が、勘兵衛の視界を閉ざしていく。

川を覗き込んでみたが、なにも見えぬ。

そこで柳の木に戻り、勘兵衛は提灯に火を入れた。

それで再び確かめてみたが、高宮の姿はなかった。ただ、赤い血潮がもやもやと水に漂い、一筋の航跡のように闇の彼方へと消えていく。

流されていったようだ。

(助からぬだろうな)

　これまで体験したことのない感触が、右手には残っている。たぶん、勘兵衛の剣は、浪人の肩骨をも断ち断ったはずだ。

　そして——。

（人を斬った……）

　そのことを実感して勘兵衛は、しばしの間、呆然とした。

　さらに——。

　先ほどふるった剣が、火風斎に伝授された〈磯之波〉であったことに、気づいた。

　このところ、暇さえあれば余念なく練習を積んでいたから、その技が咄嗟に、知らず知らずのうちに、相手を倒していたのだ。

　動揺が立ち去るのを待ってから、勘兵衛は静かに猿江村へ入っていった。

「おう、これは落合どのではないか」

　農家の納屋戸を開けて、百笑火風斎が笑いを滲ませた。

　心なしか、血色もよく見えた。

「ま、ま、むさいところだが上がられよ」

「では、失礼をいたします」

　上がるといっても、框《かまち》などがあるわけではない。だだっ広いだけの土間の片隅に、筵《むしろ》が敷き詰められているだけのことだ。

その筵の上に少年が座っていた。龍平であろう。

やや痩せぎすながら、怜悧そうな目を持っている。

筵には、すり切れかかった双六《すごろく》が広げられている。火風斎と二人、遊んでもいたのであろうか。

「新保龍平でございます。祖父が、なにかとお世話になりましたそうで、まことにありがとうございます」

火風斎が勘兵衛を紹介すると、龍平は正座して、きちんと挨拶を返した。

「ところで百笑どの、まことに突然でございますが、お孫さまとお二人、これより我が家のほうへお移りを願いたく、こうしてお迎えにまいりました」

言って勘兵衛は、

（さて、その事情を、どう説明したものか――）

父親がしでかしたこと、いま置かれている状況などを知れば、龍平が心配をしような――などと考えた。

「む……」

だが火風斎は、小さく声に出しただけで、しばらく黙考していた様子だったが、

「では龍平、これより宿を移る。身のまわりのものだけにして、すぐに支度をしなさい」

勘兵衛に理由も聞かず、そう言った。

「でも、おじいさま。黙って移れば、父上が心配をなさいます」

「いや、それなら心配はいりません。お父上には、こちらから知らせますので」

「では、父上が、どこにおられるのか、ご存じなんですね」

龍平がそう言うところを見ると、新保龍興は、なにも告げずに、この納屋を出て行ったようだ。

「もちろん、知っている」

勘兵衛の答えに、龍平は安心したような顔になった。

「でも、〈かわ清《せい》〉との約束があります。毎朝いちばんに、鰻を届けることになっているんです」

「その〈かわ清〉というのは、永代寺門前の茶屋のことかな」

この農家の老婆が言っていたことを、勘兵衛は思い出した。

「あ、はい」

龍平は、うなずいた。

「ならば、こうしよう。〈かわ清〉のほうには今夜じゅうに、しばらく鰻は届けられぬ、と必ず前もって知らせておこう。それでよいだろう」

勘兵衛のことばに、龍平は考えこんだ。

それに火風斎が、口を添える。

「龍平、落合どのに、すべておまかせしろ」

ようやく龍平は納得し、支度をはじめた。

母のものであろうか。龍平が位牌を丁寧に包んでいる様子を横目で眺め、火風斎が、すい、と勘兵衛に近寄ると、

「人を斬っていらっしゃいましたな」

小声で囁いた。

「は……」

驚くほかはない。

(血の匂いでもしたか?)

火風斎が、小声で続けた。

「気を病むことはないぞ。剣の道は、究極、命のやりとり、と悟られよ」

「はい」

火風斎のことばに、勘兵衛は身体から、ぽろりと一皮、殻でも剝がれ落ちたような心地がした。

道場で木刀を振りまわしているのとは、次元のちがう話だった。

生きるか、死ぬか——。

相手を討たねば、自分が討たれる。剣の道は火風斎の言うとおり、まさに、命のやりとりなのだ。

納屋の柱に——。

〈しばらく、るすにいたす〉

と書いた紙を火風斎が貼りつけ、三人が納屋から出ると、表はさらに風が強まっていた。

船着場には迎えの猪牙が停まっていて、だが八次郎は、つい先ほどの流血にも気づかぬふうであった。

「途中、おかしな舟に出会わなかったか」

勘兵衛が尋ねると、

「そういえば、遊び人ふうなのを乗せたのが、すごい勢いで下っていくのとすれちがいましたが……、お、さては、あの連中……」

ようやく気づいたようで、肩をいからせた。

「いや。よい。よい。それよりもな……」

永代寺門前にある〈かわ清〉という茶屋への使いを命じた。

「うへー」

八次郎は、なんとも情けなさそうな声をあげた。

秘剣伝授

1

翌日の江戸は、終日、暴風が吹き荒れて、雷が暴れまわる荒天となった。

「人っ子、一人、通っちゃいません。どの店も雨戸を閉めて、みんな閉じこもっておりますよ」

食事の支度の買い物に出ていた長助が、手ぶらで帰ってくると、そう言った。

「そんなわけですから、きょうは、あり合わせで勘弁してください」

昨夜から火風斎と龍平が増えて、一気に五人分の食事を整えねばならないので、長助も大変だ。

だが、このような天候であれば、[千束屋]近辺の騒ぎも大丈夫であろう。勘兵衛はそう思った。

　そして——。

　またも稲妻が光り、天地を揺るがすような大音が響いた。

（藤次郎は、大丈夫か）

　勘兵衛は、旅の空にあるはずの弟の身を心配した。

（今ごろは……）

　昨年の晩秋、この江戸へと向かっていた自分の旅を思い出しながら勘兵衛は、

（高崎か、熊谷《くまがや》あたりのはずだが……）

　そのあたりも荒天であれば、藤次郎の江戸到着は少し遅れようか——などとも思っている。

　そんなところへ、隣室で龍平の遊び相手になっていた八次郎がやってきた。

　昨夜、猿江村から永代寺門前まで足を伸ばした八次郎は、深夜になってから戻ってきた。四ツ（午後十時）を過ぎると、町町の木戸が閉まってしまうから、おそろしく時間がかかるのだ。

「いや、なかなかに聡明な少年でございます」

　八次郎は、龍平のことを、そう誉めた。

「そうか。で、火風斎どのは、どうしておられる」

「お疲れが出たか、横になっておられます」

「そうか。おいたわしいことだな」

やがて黄疸が出て、腹水も溜まってこよう。肝の病が不治の病であることは、勘兵衛も知っていた。

「なあ、八次郎」

「はい」

「乗りかかった舟、というのもおかしいが、あの百笑どののこと、この家にて最期を看取ってやりたいと思うが、どうだろうか」

「旦那さまがよろしければ、わたしに否やはありませんが……、しかし……」

「うむ。新保どののことだな」

「さようで」

「これからどうなるか、どうにも予測はつかん。まあ、心づもりだけはしておいてくれ。なにかと厄介をかけようがな」

「とんでもございません。できるかぎりのお世話はさせていただきます」

また、ひと筋、鋭い閃光が走り、轟音が響く。

「それにしても、今年は、おかしな天気が続きます。新年そうそうに暴風雨があったと思ったら、次は大雪が続きましたし。また四月には、京で賀茂川が洪水となって、三条大橋が流れたそうでございますし」

「そうだな。稲の収穫に影響がなければよいのだが……」

勘兵衛は、米不足や飢饉のことを心配した。

まさに、この日、摂津や河内では大風雨の被害があった。特に飢饉のひどかった大和では、翌年の二月ごろ吉野山中に二万人近い流民が押し寄せる、という事態になるのである。

昨夜の嵐が嘘だったように、翌日の江戸はからりと晴れ上がった。

これで、梅雨もあがったのであろうか。

「よいな。無理をすることはない。おかしなのが取り囲んでいるようなら、そのまま帰ってこい」

勘兵衛は、そう言い含めて八次郎に「千束屋」の様子を見にいかせた。

もし何ごともなければ、龍平たちを預かっていることを政次郎だけに知らせてこい、さらに帰りがけには尾行者にも気をつけろ、とも言ってある。

その龍平は、近所の寿松院にある母の墓へと行った。元もとが、ここらで育ったのであるから、地理には詳しい。

長助も買い物に出て、町宿には勘兵衛と火風斎の二人きりになった。

「よろしいかな。落合どの」

書物を読んでいたところに、火風斎がきて、

「ちと、お願いいたしたき儀がござる」

「はて、どのようなことでしょう」

火風斎の表情に、なみなみならぬ決意がみなぎっているのを見て、勘兵衛は居ずまいを正した。

「拙者が大和より、なにゆえこの江戸へ出てきたるか、それを以前に、お話ししたことがござるが……」

「たしかに承ってございます。百笑さまが編み出したる秘剣を、新保さまに、ご伝授されるおつもりでしたな」

「さよう。しかしながら……」

ことばを切ると火風斎は、ひた、と勘兵衛を見つめた。

その眸の中に、怒りとも、悲しみともつかぬ色が漂っているのを認めて、勘兵衛は

胸を衝かれる思いであった。

――新保が剣をもって立ったときに……。

あのとき火風斎は、そのときこそ秘剣を伝授すべく、ひたすら待ちつづけていたのだ、と語っている。

「落合どのの助けで、婿には会えましたが、会えばもう、愕然とすることばかりにて……」

大和を発ったとき、新保が帯びていた刀剣は、神明夢想流本来の長柄刀であったが、再会したときには、どこにでも転がっているような刀剣に変わっていた、と、火風斎は、むしろ淡々とした口調で述べた。

「ところが驚いたことに、婿の腰の物は安刀ですらなく、ただの玩具でござったのだ。そうと知ったとき、もはや拙者には、秘剣を伝授する気など、きれいさっぱり失せ申してな」

「………」

志を抱いて江戸に出てきたものの、世には入れられず、鬱鬱と過ごしたであろう新保の片づかない気持ちを、勘兵衛は思った。

〈心内にあれば色外にあらわれる〉と、いう。

新保の憾《うら》みは、ますます人を遠ざけ、わずかにそれを癒し励ましてくれるのが、妻の、こまだったのではないか。

そして、その要石《かなめいし》を喪ったとき――。

新保は、まるで凧糸でも切れたように……。

(早い話が、絶望した)

だが、そのような感想を、火風斎に話してなんになろう。勘兵衛は、ただ黙するしかなかった。

だが、あえて言った。

「新保さまに、まだお目にかかったことはございませんが、なにやら、死に急いでおられるような気がいたします」

回向院という、どのような輩《やから》がくるともしれない繁華な場所で、竹光しか持たず、木刀だけで危険な商売を続けてきたこと――。

さらには単身で、[般若面の蔵六]の本拠地に斬り込んだこと――。

「そうなのかも、しれぬ」

火風斎は、あっさりうなずき、

「ならばこそ、我が秘剣を伝える意味はない。剣とは、生き残ろうとする意欲そのものなのだからな」

（剣の道は、究極、命のやりとり——か）

昨夜の火風斎のことばを胸に落とし、

「で、わたしに頼みというのは、なんでしょう」

「そう、そのことじゃ」

「我が秘剣は、名づけて〈残月の剣〉という」

「〈残月の剣〉でございますか」

「さよう。この秘剣、ぜひとも落合さまに伝授したい」

「え、なんとおっしゃる？」

勘兵衛は驚いた。

「これは、決して、貴殿へのご恩に報いるなどといった、ふわふわした理由《わけ》からではござらぬ。理由はただひとつ、我が精究《せいきゆう》の剣を、このまま墓場へと埋《うず》め去ることが、いかにも口惜しいからでござる。それも時間がござらぬ。我が命の残り火も、あと僅か。そのことは、我自身が誰よりも悟ってござる」

「…………」

「それも、身体の動くうち。あと半月もすれば、立つことさえかなわぬ、とわたしには思える。ぜひとも、我が願いを叶えてはもらえぬか」

　火風斎の弁は、ますます熱を帯びてくる。

「しかし、わたしのようなものでよろしいのか」

「ほかには、ござらぬ。これは、貴殿の人となりだけを見て申しておるのではない。拙者の見るところ、貴殿には剣の資質が備わっておる。また、我が秘剣を伝授し終えたるのちは……」

　火風斎は、一旦、口をつぐんだのち、

「もし……、万が一にも、婿や、あるいは孫の龍平に……、貴殿がその時期がきたと思われたとき、そのときに〈残月の剣〉を伝授していただければ、望外の喜び――」

　言って、また、ひた、と勘兵衛の目を覗き込んだ。

「わかりました。お教えいただきましょう」

　勘兵衛は決然と答えた。

「いや。ありがたい」

「しかし、どういたしましょうか。お教えをいただくにしても、あまり人目につかない場所がよろしいのでしょう」

「なんの、そこの庭先にて十分でござるよ」

「そうなのですか」

「さよう。秘剣とは申せ、簡単なる工夫でござる。その根幹たるところは、すでに、あの庭先にてお見せ申した」

「ははあ……」

勘兵衛は暫時、考え、

「斬るは刃先五分、釭子にて人を倒す――あれでございますか」

「さよう。それさえわかれば、あとは間合いと稽古のみ。秘剣の伝授に小半刻とはかからぬ。さて、思い立つ日が吉日と申す。さっそくにかかろうぞ」

こうして二人、再び町宿の庭先に立つことになった。

遠く、近く笛太鼓の音が届いてくるのは、明日が本番の山王祭の宵宮のお囃子であろう。

そして――。

なるほど〈残月の剣〉の伝授は、僅かな時間で終わった。

奇手、である。

〈残月の剣〉を一言で表わせば、
間合いの外で斬る。

まさに、これであった。

もちろん、切っ先が届かぬ相手を斬ることなどかなわない。より正確にいえば、対手が自らは安全圏にいる、と錯覚させる剣であった。

「あとは、稽古を余念なく積まれ、剣の切っ先を、我が手の指先と同一に感じるようになれば完成でござる」

(しかし……)

勘兵衛は、とまどい、胸の内に湧いた疑念を口にした。

「あの剣技……卑怯、とは思われぬであろうか」

「なんの……」

火風斎は、即座に喝破した。

「技にして、策、でござる。闘いに策や謀計あるは工夫でござる。これを卑怯とは呼び申さぬ。戦《いくさ》も剣も、新しき創意工夫を得たるほうが勝ち残る、ということを心得られよ」

(なるほど)

戦のない時代に生まれ、育ってきた自分などが、とうてい及ばない精神風土を火風斎は持っている。

そのことを勘兵衛は、このとき、いやというほど実感した。

2

明けて翌日は、山王祭の日であった。

永田馬場日吉山王権現は将軍家の産土神《うぶすながみ》であり、この大祭は城内吹上《ふきあげ》御庭で上覧があることから、天下祭りとも呼ばれている。

北は神田から南は芝まで、東は霊岸島から西は麴町まで、府下百六十余町が氏子の祭りにして、牛車《ぎっしゃ》に曳かせる華麗な花山車《はなだし》が、一番から四十五番まで、これにあまたの神輿《みこし》行列が加わるから、この日の江戸は、まさに祭り一色であった。

勘兵衛にとっても初めての体験だから、八次郎を伴って見物に出かけたが、あまりの混雑と通行を制限する柵《やらい》などに辟易して、

「もう祭りにも飽きた。そろそろ帰らぬか」

「もう、でございますか」

「うむ。予定どおりであれば、きょう弟が江戸に着くはずであるからな」

「あ、そうでございましたな」

藤次郎は、まっすぐ、勘兵衛の町宿にくることになっている。

こうして、昼にならぬうちに引き上げることにした。

その際、脇小路に青竹で組んだ柵の余り物の、青竹を一本、譲り受けてきた。

「そのようなものを、どうなさるので」

首をかしげる八次郎に、

「まあな」

勘兵衛は軽く笑った。

こういうとき、小太りで丸顔の八次郎の目は、まん丸い団栗《どんぐり》のようになる。

勘兵衛は、ひそかに八次郎に、《団栗八《どんぐりばち》》という渾名をつけていた。

この八次郎を、きのう［千束屋］に使いにやったところでは、葭町界隈の街角に、

［千束屋］を見張っているらしい渡世人の影が、ちらほら見受けられたそうだ。

だが、それだけのことで、ほかには殺気立ったところもなく、町町では山王祭の幟を立て、家家は提灯をぶら下げて、宵宮の町内まわりで賑わっている。そして［千束屋］も普段どおりに営業しているとのことだった。

——政次郎さんの話では、［般若面の蔵六］に用心棒で雇われていた、高宮とかいう浪人者が、どこかで何者かに斬られたそうで、それで用心して引き上げたらしい、

と言っておられました。

さすがに［千束屋］政次郎の情報網はたしかだ、と勘兵衛は感心したが、それを報告している八次郎が、その高宮を斬ったのが勘兵衛だとは、まるで気づいていないらしいのがおかしかった。

さて持ち帰った青竹を、勘兵衛は一尺ばかりの長さに切り揃えた。

それから、二本を鷲づかみに両手に握り、かわりばんこに、力一杯、握りしめる、ということを、ずっと続けた。

「いったい、それはなんですか」

八次郎が不思議な顔をするのに、

「いや。この竹を握りつぶすほどに、力をつけようと思うてな」

「そりゃ、無理でございましょう」

八次郎は次に、あきれた顔になった。

八次郎に奇異の念を覚えさせた青竹握りであるが、これは火風斎から教わった握力強化法で、〈残月の剣〉には、ぜひとも必要な鍛錬であった。

〈残月の剣〉とは、片手打ちである。

道場での稽古や、試合において、片手打ちが禁じられるのには、それなりの理由があった。

まず第一には、片手打ちをすれば、その後の足さばきに乱れが生じてしまうこと。

第二には、実戦において片手切りをすると、肉を裂き、骨を断つという痛手を敵に与えられないことである。せいぜいが表皮を破る程度の傷しか負わせられない。

なぜなら、日本刀の造りそのものが、そうなっているのであって、真っ向にせよ、左右の袈裟切りにせよ、柄握りを茶巾絞りにして、両手切りでかからないと、切れないからであった。

もし片手切りが有効とすれば、突き、か、敵の剣を薙ぎ払うことくらいで、致命傷を敵に与えることは不可能とされている。

日本刀が、切刃直刀《せっぱちょくとう》から鎬造《しのぎづくり》彎刀《わんとう》へと変化したのも、長い合戦のうちに鎧兜《よろいかぶと》などの防具が進化して、これを断ち割る工夫のすえに成り立っている。

ほかにも、いろいろ理屈はあるが、細かな説明は、この際、置いておく。

ただ剣の握り方については左手が大事で、右手は、添え物のような感がある。

それゆえ片手打ちは、左片手打ちとなるのが普通であるが、それを右片手打ちにしたのが〈残月の剣〉の策であった。

しかも斬るのではなく、釦子で切り裂く。ねらうは一点——頸動脈。

ほかにも細かい工夫がある。

だが竹刀や木刀とはちがい、真剣は、はるかに重い。なまなかな握力では、それこそ、剣が、すっぽ抜けてしまう、のであった。

そしてこの日、夜まで待っても、ついに藤次郎は到着しなかった。


次の日——。

日が沈んだが、きょうも藤次郎はやってこない。

(身の上に、なにごとか、あったか)

きのうは、あの荒天のせいと思っていた勘兵衛だが、さすがに心配になってきた。

(どうか、無事であってくれ)

と願った。

その願いが天に通じたものか、もはや四ツ(午後十時)に近いころ、旅塵《りょじん》にまみれた藤次郎の姿が猿屋町に現われた。

一人ではない。連れがいる。

「途中、川留めがあったり、荒天に見舞われたりで遅くなりました。それから、こちらは旅先にて知り合いました方にて……」

ますように」

「比企藤四郎と申します。かかる夜分に、まことに失礼の段、どうかお許しくださいますように」

「ま、とにかく上がられよ」

なにやら子細がありそうなので、勘兵衛は二人を上げた。

「それにしても、この時刻だ。よほど長く歩いたのであろう」

「はい。今朝に熊谷を発ちまして……」

「なに、熊谷から一気にか。十五里はあろうに……、いやはや、それなら、さぞ腹が減ったであろう。すぐに支度をさせるからな」

八次郎と長助を呼び、弟に紹介してから、食事の支度を命じた。

「兄上……」

見ると藤次郎の目が、うるんでいる。

「なんだ、どうした」

「いえ、兄上が、若党に飯炊きまでお抱えとは知りませんでした。ご立派に、なられたのですなあ」

感に堪えたような声を出すのであった。

「つまらぬことで感心をするな。ちと訳あって、奥には客人も二人おる」

「え、ほかにもいらっしゃるので」

「うむ。しばらくは、ここに住む。訳は聞くな。それより、我が家もな……なかなかに賑やかになったものだ」

そう広くはない町宿に、七人もの人がひしめくことになった。

「それより、まずはくつろげ。比企どのも楽になされよ。そうそう、まだ残り湯がござろう。先に風呂でも使われてはどうだ」

この町宿は、家主の先代が隠居部屋に使っていたもので、小さいながらも内風呂があった。

「それは、ありがたい。では、遠慮なく」

比企藤四郎は八次郎の案内で、さっそく風呂場へ向かった。

「兄上、あの比企さまのことですが……」

「まあ、よいではないか。のちほど、ゆっくり聞くことにしよう。まずは、旅装を解いてくつろげ。さぞ、疲れたであろうな。どうだ、父上にも母上にも、お変わりはないであろうな」

「はい。健やかにお過ごしでございます。あ、そうそう」

藤次郎は打飼《うちか》い（旅の道具箱）の中を探って、油紙で丁寧に包まれたものを取り出した。

「塩川さまの……園枝さまから頼まれました書状です」

言いながら、藤次郎が、にっと笑った。

「お、そ、そうか」

勘兵衛も虚をつかれて、つい、声がうわずった。

「いや、どうも、そりゃ、うん」

わけのわからぬことを言いながら、初恋の相手からの手紙を、勘兵衛は急いで懐に突っ込んだ。うわずる自分を懸命に抑えこむ。

園枝の兄であり、勘兵衛の親友でもある塩川七之丞は、この二月に留学のため江戸にきて、〈昌平黌《しょうへいこう》〉の前身である〈弘文院〉に学んでいる。

その七之丞に頼まれて、勘兵衛が園枝に手紙を書いたのは、もう二ヶ月ほど前のことであるが、その返事であろう、と勘兵衛は思った。

残り物だけでは足らず、長助は、新たに飯を炊きあげたようで、旅の垢を落とした藤次郎と比企藤四郎が食事をしている間に、勘兵衛は、そっと火風斎と龍平がいる部屋へ移った。

龍平は、もう眠っていたが、火風斎は起きていたようで、

「とんだ居候で、ご迷惑をおかけする」

と小声で言った。

「なんの。弟と、その友人ですよ。明日にもお引き合わせいたすが、気遣いはいりません。それより、ちょっと行燈に火を入れてもよろしいでしょうか」

「そちらこそ、気遣いは無用」

逸る気持ちを抑えながら、さっそくに園枝からの書状を繙《ひもと》く勘兵衛である。

柔らかな、のびのびとした水茎《みずくき》の跡は、勘兵衛の手紙への礼にはじまり、弟、藤次郎の仕官の祝いに転じ、さらにははずむ調子で故郷大野の様子を伝えてくる。

そして――。

むすびの数行を読んで、勘兵衛の胸は、大きく騒いだ。

そこには――。

〈江戸へ――。園枝も、勘兵衛さまのお近くにまいりたく存じます〉

そう、あった。

頬から耳たぶまで熱くなるのを感じて、勘兵衛はあわてて行灯の灯を消した。それでも胸の騒ぎは、いつまでも収まらなかった。

それから半刻ののち――。

真夏の夜空に、耿耿《こうこう》と輝く月の光を浴びて団扇を使いながら、庭に面する濡れ縁で、小声で談ずる三人の姿があった。

勘兵衛に、藤次郎、そして比企藤四郎の姿である。それが未明まで続いたのであった。

3

まだ明けきらぬ空の下を、勘兵衛は芝口に向けて速足で歩いていた。

(あの、狸親父めが……)

江戸留守居の、松田のとぼけた顔つきを思いながら急がせていた足を、桜川沿いの愛宕下通りまできて、ふいにゆるめる。

(やっぱり、おるな)

例の藪小路にも、そして鏡照院門前にも、相変わらず見張りらしき人影があるのを確かめながら、むしろゆっくりとした歩調で、勘兵衛は歩いた。

(他の、旗本屋敷などであるものか)

あの見張りたちの目を集めているのは、他ならぬ、大野藩上屋敷であったのだ。

（おそらくは、福井藩士であろうな）

昨夜というより、今朝未明にかけての、比企藤四郎の話によって、勘兵衛は、そう悟っている。

十日近く前――。

勘兵衛は［和田平］の離れで、松田与左衛門から、〈御耳役〉という新たな役柄の説明を聞き、さらには現在、大野藩が置かれている立場というものを説明された。

それはなるほど、藩の密事に相違はなかったが、その陰には、もっと大いなる密事が隠されていた。

あのとき――。

松田はたしかに、

――考えただけでも、胃が痛むわ。

――いずれ話さねばならぬときが、こよう。

と、まだ密事が存在することを匂わせていたし、

――どうしたものかと、今はわしにも考えがまとまっておらぬのだ。ただ、それが改易やら減知やらの口実にされかねないほどの大事だと思え。

と言っただけで、詳しい話までは明かさなかった。

（だが、ことここに及んで、松田さまは、なにを悠長な……）

　と、勘兵衛は思っている。

　福井藩を脱藩してきたという比企藤四郎の話から、

（これは、のっぴきならぬことに、なっておる）

　まさに、今、大野藩は改易になるかもしれぬ岐路に立たされているではないか。

　その思所《おもいど》が、こうして勘兵衛を急がせているのだ。

　松田の役宅で声をかけると、八次郎の父親が出てきて、

「これは、また、えらくお早いですな。旦那さまは、ただいま朝食を摂られていると
ころでございますが」

「さようですか。しかし、お差し支えなければ」

「かまいませぬ。どうぞ」

　松田は膝に、なにやら帳面を広げたのを覗き込みながら、飯を食っていた。

　相変わらず、多忙であるらしい。

「お、勘兵衛。こんなに早うから、いかがいたした」

「突然、押しかけましてご容赦を。まずは、茶など一杯いただけませぬか」

　言って用人の新高陣八が、茶の支度に部屋を離れたのを待ち、すすっと松田に近づ

くと、その耳元に、

「当屋敷に、松平権蔵さまが、いらっしゃるそうな」

そう小声でつぶやいたとたん、

「ぶはーっ！」

松田が、口に含んだばかりの味噌汁を、それは盛大に噴き出したばかりでなく――。

噎《む》せ返っている。

「あ、これは、とんだご無礼を」

勘兵衛はあわてて、松田の背をさすった。

「む、む、む……」

松田はというと、しばらく目を白黒させたあと、

「これは、場所を変えねばならん」

言って、放心したように天井を仰いだ。

「よし。増上寺にしよう。そうさな、本堂の山門のところにいたそうか。わしは、あとより行く。先に行って、待っておれ」

ということになった。

増上寺は、いわずとしれた徳川の菩提所で、広大な敷地に数えきれぬほどの塔頭《たっちゅう》、堂宇《どうう》が建ち並ぶところだ。

のちには、壮麗な御霊屋《おたまや》（霊廟）も建ち並ぶことになるが、延宝のこのころ、それは二代将軍、秀忠の〈台徳院殿《だいとくいんでん》〉を数えるのみである。

大野藩邸から、いちばん近い増上寺への入り口は、のちに御成門と呼ばれる増上寺中門であるが、屋敷の切手門を出た勘兵衛が、わずかに一町半ほど南に進んだとき——。

右手にはじまる芝の切り通しに、ちらりと編み笠の侍の姿が見えた。

にわかに勘兵衛に、いたずら心が芽生えた。

（ははあ、おる、おる……）

そこで、切り通しに入ると、すたすたと足を運んだ。

すると侍のほうは、それを見て、俄然、勘兵衛に背を向けた。

切り通しの道は、山や丘に刻んだ道であるから上り坂で、侍は走るかのように去ると、ふいとその姿を消した。

消えたあたりは普請場であって、いましも櫓《やぐら》が立ち上がりつつあった。その陰にでも隠れたらしい。

ちなみに、そろそろ形を見せはじめているこの櫓――八月には完成して〈芝切り通し の鐘〉と呼ばれる時鐘櫓であった。

以前に、この近くに時鐘はあったのであるが、その鐘が四年前に破れてしまい、このたび、この地に再建されているのである。

その普請場のどこからか、おそらくは、息を殺して潜んでいるにちがいない、侍の目を十分に意識しながら、

（あれで、見張りがつとまるのか）

そんなことを思いながら、勘兵衛は、ゆっくりとその前を過ぎた。

だが、相手の思惑は、手に取るようにわかる。

見張られる大野藩のほうも困惑の極みだが、見張っているほうにしても事情は同じで、互いに竦《すく》みあって、いるのであろう。

比企藤四郎が運んできた情報は、そのように微妙なものであった。

やがて切り通しの坂は左に曲がり、〈やぶ山〉と呼ばれる一画に出る。蟬の声ばかりが、囂《かまびす》しい。

背に気配を探ったが、先ほどの侍が跡をつけてくる様子はない。

上り坂が平坦な道に変わり、金地院《こんぢいん》という臨済宗の寺があって、ここより道は下り

ぬ。


に転ずる。

そのあたりに増上寺通用門の〈雉門《きじもん》〉があり、勘兵衛はこれをくぐった。

さて、そろそろ——。

弟の藤次郎とともに中山道を旅してきた、比企藤四郎の話を紹介しておかねばならぬ。

福井藩の前藩主は、松平光通といって、この三月に三十九歳で自殺した。

その光通が二十三歳のとき、城下の〈御泉水御屋敷〉というところで、側室が男児を産んだ。権蔵と名づけられている。

その後に光通は、従兄であり越後高田藩主でもある松平光長の娘、国姫を正室として迎えた。光長は家康の孫であり、その父は乱心から改易・配流された忠直である。

ところで光長の母であり、国姫の祖母にあたる、勝姫というのがいる。

権蔵に、光通に、光長、国姫、勝姫の五人。これで、だいたいの役者は揃った、といってよい。

さて勝姫というのは、二代将軍、秀忠の娘だからして、おそろしく気位の高い女であった。越後高田藩主の母君なので江戸においては〈高田殿〉と呼ばれ、豪壮な屋敷も与えられていた。

この権柄ずくな勝姫が、和歌の上手で美人の誉れ高い孫娘の国姫を、とてもかわいがっていた。

そこで国姫の婚礼にあたっては、

〈まさかに、他に女などおるまいな〉と先制攻撃を食らわせて、国姫を娶る光通を震え上がらせた。

女どころか、隠し子までいるのだから、これはもう一大事。

〈めっそうもございませぬ〉

とばかり、すくみ上がって、一子権蔵を、元家老であった永見吉次に預けて、八幡村というところに隠してしまった。

これが、悲劇のすべてのはじまりとなるのである。

もちろん〈高田殿〉は、光通に隠し子がいることは百も承知のうえで脅しているのだから、始末が悪い。

妾腹の子に跡を継がせてなどなるものか、とばかり、ついには光通に起請文を書かせた。

自分には他の女に産ませた男児などはなく、福井藩の跡継ぎは、国姫が産んだ男児にかぎる、という誓約書である。これは幕府にまで提出された。

この時点で、権蔵の存在は、まさに抹殺されてしまったのである。

すべては〈高田殿〉の国姫への愛情から出たことであったが、これが皮肉な結果を呼ぶ。

当然のことながら、光通と国姫の夫婦関係はぎくしゃくし、娘二人を授かったものの、どうしても男児が生まれない。

その重圧感に耐えきれず、ついに国姫は自害して果てた。三年前のことである。

さあ、これには父の光長も、祖母の〈高田殿〉も大いに怒った。怒り心頭に発したあげくに、その矛先を、あろうことか権蔵に向けてきた。

権蔵こそいい迷惑だが、暗殺者の影に怯え、下手をすれば父の命で、押し込め（監禁）の可能性さえ出てきた。

そこで、命あっての物種とばかり、単身で福井を脱出する。それがちょうど一年前、昨年の六月のことであった。

物語の冒頭、今庄の旅籠で堀十兵衛を置き去りにした源蔵と名乗った若侍こそ、実は、この松平権蔵である。そして十兵衛は割腹して果てた。

この逐電に、大きな衝撃を受けたのは、父の光通だった。

先に、自分には男児などいない、と幕府にまで起請文を提出しているのに、ひょっこり隠し子が、どこぞに顔を出せば、面目は丸つぶれとなってしまう。

切羽詰まった光通は、庶弟の松平昌親（越前吉江藩主）を後継者に、と遺書を残して自殺してしまった。

と、まあ駆け足で状況を綴ってきたが、ここからさらに、事態は微妙にねじれていく。

光通の遺志を尊重して、新しい福井藩主には昌親がなった。だがこの家督相続に、藩内に不満がなかったわけではない。

まず第一は、実子、権蔵の存在である。だが、これは所在不明となっている。

第二は、昌親には昌勝（越前松岡藩主）という実兄がいた。これが長幼の序を乱しているというのである。

実は、誰一人知らぬことであったが、権蔵は逐電後、ひそかに大叔父の松平直良を頼り、大野藩上屋敷の奥深くに匿われていたのであった。

その権蔵が父の死を知って、故郷の主立った者たちへ、密書を送りつけたらしい。

やはり、藩主には権蔵がつくのが筋だ。

比企藤四郎は、この密書に触発され、一働きすべく脱藩して、江戸にやってきたのだという。

4

勘兵衛が増上寺山門前に着いて半刻ばかり待ったころ、境内の松並木を抜けて、松田与左衛門が姿を現わした。

そして勘兵衛に近づくなり、

「油断ならぬやつじゃ」

開口一番に、言った。

「さすがに御耳役だと、誉めてやりたいところじゃが……」

長い顎を突き出すようにして、じろりと勘兵衛を見た。

勘兵衛が、ことのいきさつを説明しようとすると、

「ま、とにかく木陰にでも移ろうぞ。こんなところでは、うだってしまうわ」

この山門では、人通りも多いし、すでに陽は赫赫《かっかく》として、濃い影を地に縫いつけている。

二人は、蟬の声が響き渡る長い松林の一画に、場所を変えた。

そこで勘兵衛が、昨夜遅くに弟の藤次郎が、比企藤四郎を連れ立ってきたことを告

げると、

「ふうむ。その比企とかいう者に、藤次郎が旅先で出会いおったのか……はてさて、不思議なものよのう」

ひとしきり感心したあと、

「いやいや。よくぞ出会うてくれたものよ。その比企とかが、いきなり屋敷にやってくれば、どのような騒ぎになったかもしれぬでな」

「あ、すると、屋敷近辺を見張っておる一団は、比企藤四郎への刺客でございますか」

「さて、そこまではわからぬ。だが、その可能性もあろう。いやな、あの一団、おそらくは福井藩新藩主の譜代の者たちであろう、と見当はつけておるが、いまだにはっきりとはいたさぬのじゃ」

「ははあ……」

敵も、よほど用心しているものと見える。

「それにしても困ったものじゃて。あのにきび面の小童《こわっぱ》めが、勝手に密書などばらまくものじゃから、こちらはえらい迷惑よ」

松田が言う小童とは、十七歳になるはずの松平権蔵のことらしい。

権蔵にすれば、自分の味方をしてくれそうな人物を選んで密書を送ったのであろうが、いかんせん、それでは自分の隠れ家を自分で敵に教えたようなものである。

「まだ見張りがつけられる前じゃからよかったようなものじゃが、すでにして、三人がほど、押しかけてきおったわ」

「その者たちも、邸内にいるのですか」

「仕方がなかろう。追い出して、うろちょろ出入りされれば、厄介なことになる」

松田は苦りきった表情になった。

「で、殿には、権蔵さまを匿われて、いったいどのようになさるおつもりだったのでしょう」

「殿にとっては、権蔵は甥孫《おいまご》（甥の子）にあたる。折を見て甥の光通さまとの間に入り、なんとか父子の契りを戻してやろうと考えておられたのだ。それをまあ、御短慮にも光通さまが自裁などされたものじゃから、こうも、思わぬ方向に事態が転がっていったのよ」

「ところで……」

勘兵衛には、まだまだ尋ねたいことが山ほどある。

いったい、江戸藩邸の誰誰が権蔵の存在と、そのいきさつを知っているのか。

「殿と、家老の間宮に、わしだけじゃ。国許のご重役たちも知らぬことじゃ」

「若殿もですか」

若殿の直明は、昨年の夏より高輪の下屋敷に移っている。

「もちろん、直明さまもご存じはない。若君を下屋敷に遠ざけたは、実は、権蔵のこともあったのじゃ」

「あ……若殿を下屋敷に移されたのは、中間を手討ちにしたためではなかったのですか」

以前に勘兵衛は、若殿の小姓頭をつとめる友の伊波利三と、塩川七之丞から、そのように聞いたことがある。

「それもある。だが本音のところは、権蔵じゃ。同じ屋敷内では、いずれ目に入ろうからの。権蔵は、間宮家老の遠戚ということにしておって、ま、家中の者なれば、それで通りもしようが、若君さまなれば、そうもいくまいからな」

勘兵衛と同年の、この若君、なにかと問題行動が多いのである。松田の苦労も、そのあたりにあるのであった。

（すると……）

勘兵衛が、江戸に出てきたのは、昨年の九月。すでに、そのとき、松平権蔵は愛宕下の上屋敷に転がりこんでいたことになる。

だが、そのときと今では、まるで事態が変わってきているのだ。

しかも肝心の殿さまは、参勤交代で、現在は国許に帰ってしまっている。

「思わぬ方向に、事態が転がってきたとおっしゃいましたが、もはや、悠長に構えておる場合ではないと思われます」

「さてさて、そこのところよ……のう」

言って、松田はおかしな目つきになった。

（や……！）

勘兵衛の背筋を、なにやら、もそもそとしたものが這い上がっていったような気がした。

「わしも、いろいろと考えてみたのじゃ。こうなれば、権蔵と、その一派を、ひそかに屋敷より出して、どこぞへ移すのがよかろうか、などと……な」

「………」

（これは、うっかりと返事などできぬ）

「一時は……の。そなたの町宿などは、どうであろうか、などとも考えたのじゃが
……」

（危ない、危ない）

それでなくとも、昨夜には七人という大所帯に膨らんでしまっているのだ。

「だが、これから先、比企のような者が、どれほどやってくるかもしれぬでな。そうなると、あの町宿では、ちと手狭であろう」

「無理だと思いますが」

それでなくとも、大名家の隠し子などを預かりたくはなかった。

「そこで考えたのじゃが、つい先ほど、名案を思いついたのよ」

「つい、先ほど、でございますか」

つまりは、勘兵衛の顔を見て、ということになりはしまいか。

果たして――。

「そなた、なんでも葭町のほうに、親しき口入れ屋がおるそうだの」

「は……？　［千束屋］のことでございましょうか」

言って――。

（はて……？）

いつ松田に［千束屋］のことを話しただろうか――と、勘兵衛は首をかしげた。

（覚えはない）

改めて勘兵衛は、松田の地獄耳に驚くばかりだ。

一方、松田のほうでは、そんなことには頓着なく、

「なんでも、なかなかの大親分で、別棟の人宿《ひとやど》には、百人からの寄子《よりこ》を抱えているそうではないか」

人宿は、奉公先を紹介してもらえるまでの寄宿先のようなものであるが、寄子は寄《より》親《おや》――［千束屋］政次郎、の子分のようなものである。

「はあ、それは、たしかに」

地獄耳ばかりではなく、情報も正確だ。

「そのようなところなれば、仮に十人、二十人と増えたとて目立ちはすまい。それに、のう」

いかにも楽しそうに松田は笑い、

「大名の御曹司が、そんな吹き溜まりに潜んでいようなどと、誰も考えつきはすまい。もちろん［千束屋］にほんとうのことを話すわけにはいかんから、なにか口実を構えてな。すると預かるほうでも知らぬことだから、ますます安泰じゃ。な、名案であろう」

「いかにも、ごもっともでございますが、［千束屋］は、今はいささか取りこんでお

りまして、かえって権蔵さまの身に危険が及ぶやもしれません」

「なに、いったい、なにがあるというのじゃ」

勘兵衛は、［千束屋］と［般若面の蔵六］の抗争について説明した。

「ふうむ……」

松田は、しばらく腕組みして考えたのち、

「よし！」

と、かけ声を出して、

「では、こうしよう。その［般若面の蔵六］とやら、一揉みに、ぶっつぶしてしまおうぞ。さすれば一件落着じゃ」

いとも簡単そうに言うので、勘兵衛は驚いた。

「そんなことが、できましょうか」

「その、般若のなんとやら、所詮はやくざ者ゆえ、ろくなことはやっておらぬ輩だろう。叩けば埃が出る、ことは必定。そうさな。町奉行あたりでは、いささか手ぬるい。火盗改めあたりに、ぱっ、ぱっ、ぱっと片づけてもらうのが得策だな。よしよし、その工作は、わしにまかせておけ」

「ははあ」

火盗改めは、正式の名称を〈火付盗賊《ひつけとうぞく》改方《あらためかた》〉といって、頭《かしら》には幕府御先手頭が加役《かやく》（兼務）としてあたることになっている。

罪人を引っくくるにも、いろいろ手続きを重視する町奉行に対し、火盗改めは、元もとが武官であるから、検挙の仕方からして乱暴である。

町奉行所が、市中安寧や治安維持を目的とするのに対し、火盗改めのほうは犯罪者を減らすことが目的だから、怪しい、とみれば、神官、僧侶、旗本や御家人までも、遠慮会釈なく召し捕ってしまう。

捕らえた者は、有無をいわさず役宅に引き込んで牢に入れ、手荒い取り調べをおこなう。その拷問は苛烈をきわめるといわれ、江戸市民に恐れられる存在であった。

「さて……？」

「なんじゃ、その疑わしそうな声は。そなた、このわしを信用せぬのか」

「いえ、そのような……。しかしながら、その［般若面の蔵六］という者、以前は押し込みの一味で、火盗改めの……たしか……、そうそう、水野守正という方に捕らえられたそうですが、結局は、その狗《いぬ》になったと聞きましたので」

「狗……？　差口奉公のことか」

「はて、さしぐちほうこう、とは、なんでございましょう」

「町奉行所なら目明かしや、岡っ引きなどというが、火盗改めの場合は、そういうのを〈差口奉公〉と呼ぶのじゃ」

「さようでございますか。はい、それにちがいありません」

「なに、水野どのは、すでに三年ほど前に火盗改めを辞して、今は御先手組鉄砲頭の岡野《おかの》成明《なりあき》どのが火盗改めをつとめておられる。これが、また豪放なお方でな。先の水野の手先など、目ではない、目ではない」

　と言うほどだから、よほど自信があるのだろう。

「いや。御留守居さまが、火盗改めにまで金襴《きんらん》の契《ちぎ》りを結ばれていらっしゃるとは知りませんでした」

　と勘兵衛は、本心、感心して言ったのであるが、

「世辞など、言わんでよい。そうでなくては、留守居など務まらんのじゃ。近く、そなたにも引き合わせるほどに、今のうちに、よくよく学んでおいてくれ」

「承知いたしました」

「というても、いかに火盗改めとはいえ、火のないところに煙を立てるわけにもいかぬだろうから、それなりの時日は必要となろう。その間、そなたには、まず比企とやらを預かっておいてもらわねばならぬ」

「はい。決して、お屋敷には近づけませぬ」

「頼むぞ。それからな」

「はい」

「火盗改めの件は［千束屋］に告げぬがよかろうな」

「そのほうが、よろしいかと……」

「うむ。わしとて、火盗改めに［千束屋］の名は出さぬつもりじゃ。そこらを勘案したうえで、権蔵と取り巻き連を［千束屋］に預からせる口実も考えねばならんぞ」

「それが、かなりむずかしゅうございますな」

「なんとか知恵を出せ」

「考えておきましょう」

「あと、ひとつは、［般若面の蔵六］のほうが片づいたとして、権蔵と、その一派の合計四人、どのようにして我が屋敷から出し、いかにして［千束屋］のもとへ押し込むか、その手だてを考えておいてもらわねばならぬ」

「それも承知いたしました」

「よし。じゃあ、それで、だいたいは終わったかの」

「いえ、まだ……」

「ん……？　なにか忘れておるか」

「はい。権蔵さまを［千束屋］に預けるまではすみましたが、それから、あとのことにございます」

「そうじゃな。しかし、これぱかりは、来年に殿が来府あるまでは、いかんともしがたい。といって、放っておくわけにもいかんでな」

「さようでございますとも。蛇の生殺しにては、権蔵さまとて、おとなしくはしておりますまい。なんらかの希望を持たせておかなければ、どんな暴走をはじめるかもしれません」

「おう。ずいぶんと、物わかりがよくなってきたではないか。それは考えておる」

「やはり、幕閣にはたらきかけるのでございましょうな」

「よしよし。その調子じゃ。そなたもな、先に引き合わせたるご老中筋にな、それとなく匂わせて、権蔵への同情を集めておくのじゃ」

「できましょうか」

「やらいで、どうする。事情はどうあれ権蔵は、まぎれもなく徳川の血筋ぞ。それを闇から闇へ葬り去ることなど、道理が通りはせぬ。来春、殿が戻ってこられるまでには、大方の根まわしをすませておかねばならぬ」

さて、これは大変なことになってきたわい、と勘兵衛は思った。

だが、そのことさえわかれば、権蔵にしろ、比企にしろ、隠忍自重をしてくれるだろうと、勘兵衛は思った。

「さて、せっかく、ここまで足を伸ばしてきたのだ。そなたに、もう一人、引き合わせておく人物がおる」

「どなたでございましょう」

「ついてくればわかる」

言って、松田は、増上寺の山中へと入っていった。

5

小高い丘を登り、やがて下ったところには蓮池があって、中之島には弁天社や稲荷や金比羅社が祀られている。

名を、芙蓉州弁天社《ふようしゅうべんてんのしゃ》というのである。

風光絶佳な場所だから、このあたりに参詣客が多く集まってくる。それを目当てに、池の畔《ほとり》には茶屋も出ている。

先には増上寺に出入りする柵門があった。出ると高札場があって、赤羽から麻布方面にいたる。

勘兵衛は、松田がその門を出るのかと思ったが、茶屋を通り過ぎたあたりで足を止めると、

「やあ、いたいた」

勘兵衛が松田の視線の先を見ると、こんもりした竹林の脇に大きな石があって、それに腰掛けている男がいた。

濃紺の単衣を尻っ端折りにして、手には箒を持っている。年のころは四十代だろうか。

寺域内には、数えきれぬほどの寺や学寮がある。そんなどこかの寺男か、と勘兵衛は思った。

その箒を持った男に、近づいてきた老婆がいて、どうやら道でも尋ねたらしい。

男は立ち上がり、

「あの切り通しの広階段の、左の脇道をな……」

言って、松田に気づいたか、わずかに笑いを滲ませた。

「……一町ばかり先ですから、気をつけて行きなされや」

にこやかに、丁寧に、老婆に道を教え終えた。

その老婆と入れ替わりに、

「やあ、暑うござるな」

松田が声をかけると、

「いや、まったく。梅雨があがったはいいが、しばらくは地獄よ」

老婆に対したのとはちがい、えらく横柄な口をきいた。

「そうじゃ。引き合わせておこう。こちらは落合勘兵衛というてな、わしの配下じゃ。お見知りおき願いたい」

「ほう。見たところ、まだお若いようなのに、大変なお人の配下についたものじゃな」

言った男に、勘兵衛が挨拶すると、

「わしは菊池兵衛《ひょうえ》と申す。この増上寺の掃除番だ」

すると、幕臣ということになるのか、と勘兵衛は訝った。人は見かけによらない。

菊池が言った。

「ところで、ご多忙のお方が、ご参詣のついでとも思えぬな。なにを聞きにまいった」

「されば、近ごろ、なにか御耳に入っておらぬかと思うてな」

「ふん……」

菊池が笑うと、いかにもお人好しという感じになった。

「なにやら、愛宕下あたりには、近ごろ藪蚊《やぶか》が飛びまわっている、との噂ならあるが……」

「さよう。これが、なかなかに小うるさい藪蚊で困っておる。ありゃ、どのあたりからきた藪蚊であろうかの」

「はて、さて、いずこからであろうか。もしや、ご邸内に、淀んだ水溜まりでもあるかして、ボウフラなど湧き出ておるのではないのかな」

「はてさて、我が屋敷内は、きれいなものでござるよ。すると近隣に、溝掃除でも怠っている屋敷でもあるのでござろうか」

「さて、いずこを狙う藪蚊でありましょうや」

二人は、まるで禅問答のようなやりとりをした。

「では、お邪魔をいたしたな」

短いやりとりだけで、松田は勘兵衛をうながし、菊池と別れた。

再び元の道をたどって、増上寺の山道に入る。勘兵衛がちらりと振り返ると、菊池はまた元どおりに、小さな竹林の石に腰掛けていた。

「どうやら、まだ、権蔵のことは知られていないようじゃの」

「どういうことで、ございましょう」

「うむ。あの男、実は黒鍬者《くろくわもの》でな」

「黒鍬者……すると、隠密かなにかでございますか」

「それも、大目付に直属のな。年じゅう、あそこにああして座っておって、あらゆる階層から世の噂を集めるのが真の仕事じゃ。それでたいがいのことは耳に入る。あの男が知らんということは、まだ権蔵のことは幕閣の耳には届いていないということぞ。まずは、一安心じゃな」

「ははあ……」

感心するほかは、ない。

「しかし、どうやって、そんな男と知り合われたのですか」

身分を隠してこその隠密ではないか、と勘兵衛は思う。

「うむ。もう二十年以上も昔のことになるが、菊池の父親に、世話になったことがあってな。蓮台院さまを紹介してくれたお方だ」

「え！」

驚いた。

蓮台院というのは、今は亡き、若君のご母堂で、その諡号《しごう》である。

「殿に男児がおらぬでな。そのころ、わしは手を尽くして殿の子を産んでくれそうな女性《にょしょう》を探しまわっておったのじゃ。その折に、あそこにああして座っておったのが、菊池の父親でな……」

「ははあ」

「菊池の家は、代代が増上寺のお掃除番ということになっておる。その父親が死に、倅が跡を継いだ。それが、あの兵衛よ」

「そのような因縁が、ございましたので」

「うむ。だからの……、この二十年、盆暮れに八朔《はっさく》と、付け届けは欠かしたことがない。だからこそ、いざというときの助けにもなってくれる。そなたもの……」

「はい」

「個人的に寸志を心がけるがよいだろう。菊池の屋敷は、下谷の黒鍬町にある。なに本人に、直接手渡す必要はない。ご妻女がおられるからな……」

付け届けの、上手な届け方まで指導する松田であった。

尾行者

1

徳利長屋の住人、魚屋の仁助は、早めに振り売りを終えると、その日、下谷《したや》は金杉村に向かった。

一帯は根岸の北方、東叡山（上野・寛永寺）領であった。村の東端には、江戸より日光東照宮への街道、日光道中が続く。

街道から七町ばかり離れた、大下、と呼ばれるあたりに仁助の生家があって、

——このところ、父っつぁんの具合が悪いので、顔を見せにこい。

と兄が知らせてきたのが、二日前であった。

そこで仁助は仕事のやりくりをつけ、鱸《すずき》のはしりを一本ぶら下げて、溜池のほとり

にある古びた農家へと出向いたのである。

わずかに五反ほどの土地しか持たぬから、そのほとんどを畑地にして、居住する家は小屋とも見まがうほどに小さい。その狭い前庭に、笹が山になって積まれている。

それを仁助の老母が、鎌をふるって、枝落としをしていた。

隣りでは、今年六歳になる甥っ子が、ぺたんと地面に座り込んで、一人遊びにふけっている。

その甥っ子の頭をひと撫でし、

「あとで手伝うぜ、おっ母《か》あ」

仁助は、言ってから家に入った。

笹は、溜池のほとりに生えているのを切り出してくる。まもなくはじまる七夕の笹として、大切な副収入となるのであった。

仁助の父は、風通りのよい座敷に横たわっていて、

「どんな具合だ、おとう」

「おう、仁助か。なに、もう大丈夫だ。きのうあたりから、ずいぶん楽になった」

仁助が呼びかけると、父親は存外しっかりした声で返事を返した。だが、眼窩はくぼみ、すっかり脂が抜けたような肌は、かさかささと音を立てそうに渇いていた。

そこへ甥っ子の手を引いて、母親もやってきた。

夏風邪をこじらせ、肺炎を引き起こして一時は危なかったが、ようやく小康を得たらしい。

そこで仁助は一安心し、母親と二人、七夕の竹笹作りを手伝った。

「あれ」

二人せっせと枝払いを続けていると、母親が小さく声を発した。

「どうしたい」

「根性悪の節にでもあたったか、刃こぼれしちまったよう」

「どれどれ」

研ぎ直し、研ぎ直しした古鎌だから、刃が薄くなっていたのであろう、かなりの範囲で刃が欠けてしまっている。こうなると、素人の手には負えない。

「おいらの近所に、いい研ぎ屋があらぁ。すぐにも直してもらってくるからよ」

仁助は気安く請け負った。

やがて日暮れがくるころに、兄夫婦も畑仕事から戻ってきて、みんなで一緒に夕餉となった。もちろん仁助は、持参した鱸を、自慢の腕で三枚に下ろして振る舞っている。

そんなこんなで濁酒《どぶろく》も入って、いいご機嫌になった仁助が実家を出たのが、五ツ(午後八時)すぎだった。

空には二十日月《はつかづき》があって、提灯までは必要がない。勝手を知り尽くした仁助が、人っ子一人として通らぬ、田畑を縫うように続く細道を進んでいて、

(おや?)

と足を止めたのは、素朴な道祖神が置かれた村の辻であった。

なにやら——。

二町ほど先の暗闇で、いくつかの灯りが、ちらほらと蠢《うごめ》いている。じっと耳を澄ますと、荷車の轍《わだち》の音も聞こえる。

(はて)

こんな夜中に、いってぇ誰が、なにをしてやがるんでぇ、と仁助は怪しんだ。

(あれは……)

闇を透かすように場所に見当《あたり》をつけると、鎮守の杜が、こんもりと黒い影を落とす付近だと知れた。

このあたりの鎮守の杜は、ひとつしかない。〈三嶽社《みたけしゃ》〉といって、青梅の武州御嶽山頂の蔵王権現《ざおうごんげん》を勧請した神社のものである。

だが近ごろは村人も、その古い山岳宗教に敬して近寄らず、といった風潮があった。そのため社地は荒れ果て、昼なお不気味な雰囲気を漂わせる一画となっていた。

そして数年前のことだが、その〈三嶽社〉の傍らに〈因果小屋〉と呼ばれる建物が建った。

ひとの話では、見世物小屋に出される、ろくろっ首だとか、蜘蛛男だとか、犬の内臓を食らうという、むしゃりむしゃり姫だとか、そんな気色悪そうなのをそこに集めて住まわせているのだそうだ。それでなお、付近にはひとが近寄らない。

だが、村の子供たちは、こわいもの見たさの興味津津《しんしん》で、この春だかに連れだって小屋を探検に出かけ、番人に打擲《ちょうちゃく》を受けて泣き帰ってきた。そのうちには仁助の甥っ子も含まれていて、頭に大きなタンコブを作ってきたそうな。

——ちっちゃな子供を相手に、なにをしやがる。

その話を聞いて、仁助は大いに憤慨したものだ。

だが〈因果小屋〉の持ち主というのが、［般若面の蔵六］という乱暴なやくざ者だそうで、触らぬ神に祟りなし、と父親から釘を刺されたことがあった。

そんなことがあり、さらには酒も入っていた勢いで、

（よし！）

仁助は胸に、小さな気合いを入れたのち、方向を転じて、灯りの方向へと近づいていった。

足音を忍ばせ、〈因果小屋〉まであと半町といったところにある草陰に身を潜ませた仁助の耳に、男たちの声が届いてきた。

「小頭、荷はぜんぶ、地下蔵のほうへ納め終わりやしたぜ」

「それはご苦労だったな。じゃあ、あとはいつものように、こちらで荷をさばいておくからな」

「頼みますぜ。それから、これは、さかまたのお頭からのお指図でやすが、来月の五日に、おつとめの金を分配しようってえことで。でやすから、あんまり日にちもねえんだが、急いで荷さばきをすませておくんなせえ」

「お、それはまた、急なことじゃねえか」

「へい。なんでも近ごろ、取り締まりが、めっぽう厳しくなってきたそうで、今回のおつとめも、そろそろ手じまいにしようということになったんでさあ。それで、五日には、そっちの上がりを、五日は、そっくり持ってきていただきてえんで」

「よしわかった。で、五日は、どちらへ行けばいいんだい」

「へい。草加宿の〈末広や〉という宿屋へ、日暮れには集まってこいとのことでござんす。その旨、江戸の仲間たちにもお伝えくだせえ」

「わかった。七月の五日に〈末広や〉だな」

「へい。まちがいなくお伝えしやしたぜ。じゃ、その折に、またお会いしやしょう」

(はて……?)

男たちの会話に、なにやら剣呑な匂いを嗅ぎとったものの、仁助には、まったく話の図柄が見えてこない。

そのとき、灯りが近づいてくるのを感じて、仁助は草陰で、身をかがめたまま、あとずさった。荷車を引く音も近づく。

身を固くして草陰から覗くと、どこからどう見ても商家の番頭ふうの態《なり》をした男が提灯を掲げて先行し、後から空の荷車を引いて、手代ふうの男が目前を過ぎようとする。

もし振り返りでもされたらみつかりそうに思えて、仁助は、さらに死角のほうへ身体を移そうとしたとき——。

(あっ！)

ずずっと軸足が滑って転げそうになるのを、必死で草をつかんで、どうにか耐えた。

だが……。

物音でもたててしまったか、

「おっ！」

番頭ふうが、振り返るなり、高だかと提灯を掲げた。

「誰だ、てめえ！」

商人とは思えぬ濁声《だみごえ》が飛んできて、仁助は草陰から飛び出した。

半周しかけた荷車が道をふさいでいるから、男たちのほうに逃げるわけにはいかない。そこで仁助は、〈因果小屋〉の方向に駆けだした。

どうにか仁助が先行したが、小屋からも人影が出てきて、仁助の背後を追う足音が増えた。そのうえ――。

「逃がすな！」

「たたっ殺せ！」

口ぐちに叫ぶものだから、仁助はもう心臓が口から飛び出しそうな心地で、必死に走った。幸い足には自信がある。

だが――。

いつか〈三嶽社〉も通り過ぎ、道がか細く立ち消えるあたりまできても、背後からの追っ手の足音が遠ざからない。

とうとう、道も行き止まりになったが、仁助は必死で藪の中に走りこんだ。その先がどうなっているかはわからない。しかも月光も届かぬ闇のなかで、もう闇雲に藪を分け、がむしゃらに進みつづけた。

それでも追っ手はあきらめない。

（とんだことに、なっちまったぜ）

どこをどう走り抜けたものやら、やがて転げ落ちるように藪を抜けたと思ったら、目前に池が現われた。

（大池だ……）

周囲には点点と溜池があるが、そのうちでもいちばん大きくて、そう呼ばれている池だった。

その池水が、耿耿《こうこう》と二十日月を照らし返し、水面はきらきらと小粒の光を跳ね返していた。つまりあとは逃げ場を水中に求めるしかないのである。

まさに切羽詰まった仁助が振り返ると、なんと、もう指呼の距離に男が近づいていて、しかも長脇差《ながどす》しを振りかぶっている。

「うわっ！」

泡を食らった仁助は、再び池のほうに身体を向け、頭から水中に飛び込んだ。

しかし——。

「ぎゃっ!」

右肩の後ろに、焼き鏝《ごて》でもあてられたような衝撃を仁助は感じ、背で、かちっ、となにやらはぜるような音を聞いた。

次の瞬間には仁助の身体は池中へと消えていった。

その池畔で、手にした匕首《あいくち》をきらめかせながら、ようやく追いついてきた男が、月の光に長脇差しをかざしている男に尋ねた

「逃げられたか」

「いや、仕留めた、手応えは十分」

月の光に浮かぶ血糊の跡を見せ、刃こぼれの跡も示して、

「骨まで断ち割ってやったぜ。助かるもんかい」

不気味に笑うのだった。

2

仁助が、あえなくも金杉村の大池に沈んだ、その日のこと——。

勘兵衛は、朝から多忙を極めていた。

ことの起こりは江戸に到着した弟を、いつ大和郡山藩江戸屋敷に出仕させるか、との打ち合わせにはじまっている。きのうのことだ。

勘兵衛としては、およそ十ヶ月ぶりの藤次郎と水入らずで語り合いたいし、また江戸見物のひとつもさせてやりたかった。

だが、町宿には火風斎と龍平という居候がいるうえに、比企藤四郎というおまけまで付いてきて、にわかに身辺を騒がしくする事態になっている。

そのうえ――。

――かまいませぬ。物見遊山で江戸にまいったわけでは、ありません。一日でも早く仕官のご挨拶に伺いましょう。

などと、まだ十六のくせに、藤次郎が殊勝なことをいう。

――ならば、先のご都合もあろうから、二日、三日のうちにも、ご挨拶に伺うようにしようか。

と勘兵衛は、若党の八次郎を呼び、その旨を留守居の松田に相談し、しかるべき日時を設定してくれるように、との使いに出そうとした。

すると若党の八次郎が言うには、

——せめて、この二十四日を過ぎてからになされてはいかがでしょう。

——はて。それはどういうことだ。

——藤次郎さまが、江戸に着かれたのは三日前の夜、とうとう天王祭にも、山王祭にも間に合いませんでした。ですから愛宕権現の千日参りなりとも、ご見物いただいて、それから、というわけにはいきますまいか。

——ふむ……。その千日参りというのが二十四日か。

（そういえば……）

昨年の九月、江戸に出てきた勘兵衛を伊波利三が愛宕権現に誘い、そのようなことを言っておったな……と、勘兵衛は思い出した。

——それほど賑やかな祭りなのか。

——はい。それはもう。

のちの『東都歳時記』に——。

〈朝より夕迄、貴賤群集して稲麻《とうま》の如し〉

と、書き著わされたほどに混雑するらしい。

稲麻とは、稲麻竹葦《とうまちくい》と法華経にあって、雑多なものが入り乱れるさまをいう。

——そうか。それほどに賑やかか……。

つぶやくように言ったきり、勘兵衛は腕組みをして、沈黙の世界に入ってしまった。

――旦那さま……？

八次郎が声をかけるのにも気づかぬほどで、ようやく顔を上げた勘兵衛は、

――しばらく思案したいことがある。

――では、松田さまへのお使いは、どういたしましょう。

――とりあえずは、取り消す。

言うと、ふらりといずこかへ消えた。

で、勘兵衛が、いったいなにを思案していたかというと、先日の増上寺で、松田から託された宿題のことであった。

それは二つあり、ひとつは大野藩邸に匿っている松平権蔵を、どのような口実で［千束屋］に預けるかという難問で、勘兵衛は、あれ以来、頭脳を絞っているが、どうにも妙案が浮かばない。

いまひとつは、その松平権蔵を、邸外にて目を光らせている見張りたちに気づかせず、いかに連れ出すか、ということであった。

それが――。

この二十四日に、愛宕権現社の千日参りがあることを知った。

ここは火除けの神であり、この日に参れば千日分参ったのと同じ効果があるというから、その日の混雑は凄まじい、そうだ。

となると、まさに愛宕下にある大野藩邸付近も、稲麻竹葦のごとくになる、と思われる。

（まさに、千載一遇の……）

と勘兵衛は思ったが、いかんせん、その日は目前に迫っている。

（権蔵さまを……）

混雑に紛れて連れ出すことに成功しても、さて、どこへ匿っておけばよいものやら、と解決しておかねばならない事案は、山積みなのであった。

しかし、このような好機は、ほかにあるまい、と勘兵衛には思われた。

（えい。いざというときは……）

［千束屋］と［般若面の蔵六］との対立が解消するまでは、我が町宿にて預かるのもやむを得まい、とまで覚悟を決め、一晩じゅう、あれこれそれと腹案を練ったうえで、この朝、勘兵衛は、まずは松田を訪ねることにしたのである。

ところが松田は留守だった。

用人の新高が言うには、

「一足ちがいでございましたな。主人は小半刻（三十分）ほど前に、麴町のほうへ出かけられましたが」

「麴町……ですか」

「さようで……」

　ふと声をひそめて、

「火盗方の役宅でございますよ」

「おう。そうなのですか」

［般若面の蔵六］を、ぶっつぶしてくれ、と火付盗賊改方の頭、岡野成明に頼みにいったらしい。

「で、いつ頃に戻られようか」

「それは……ちと」

　新高が首をひねる。

（さて、どうしたものか……）

　こちらにも火急の用がある。愛宕権現社の千日参りまで、きょうを入れても四日しかない。

　それを、いつ戻るとも知れない松田を、ただぼんやり待つだけの、心の余裕はなかった。

「その役宅は、麹町の、どのあたりかわかりますか」

出かけたのが小半刻前なら、急いでいけば、つかまえられそうな気がする。

「岡野さまのお屋敷なら、麹町八丁目に栖岸院《せいがん》という寺があって、その隣りでございますよ」

で、勘兵衛は麹町をめざすことにした。

火付盗賊改方の役宅というのは、この加役を受けた御先手頭の屋敷が、そのまま役宅となる。

ここに、牢やら白州までが作られて、自らの組に他組からも人を借り、与力十騎、同心五十人という規模が、この役宅に集まるのであった。

3

愛宕下から麹町までは、およそ三十町（三〇〇〇 m)、炎天下を勘兵衛は足を急がせ、小半刻以内で岡野成明の旗本屋敷に着いた。

岡野は五百石の旗本で、屋敷の敷地は約九百坪、火盗改めの本拠地であるからして、他屋敷とはちがい、門番の警戒もいかめしい。

勘兵衛が名と来意を告げて、しばらく待つと、なんと松田自身が玄関先にひょこひょこ現われて、

「おい勘兵衛、こっちじゃ、こっちじゃ」

手招きをした。

「申し訳ありません。火急のご相談がありまして」

「おう。そうか。じゃが、ちょうどよい機会じゃ。とりあえず、紹介だけでもしておこう」

まるで勝手知ったる家のように、勘兵衛を誘い、

「ちと、思惑がはずれたぞ」

渋面を作った。

「はて」

「なんでも、近ごろ、こちらは多忙だそうでな。わしが思うたほどに、ちゃっちゃっとは片づかぬといわれるのだ」

「ははあ」

火盗改めの本拠地だから、さぞ殺気立ったところであろうと思っていたが、屋敷内

は、しんと静まりかえっている。

それが勘兵衛には不審だったが、多忙というなら納得もいく。おそらく、近く大捕物でも控えていて、それで与力同心たちが出払っているのであろう。

それで、[般若面の蔵六]をぶっつぶす計画も、すぐには手をつけられないということらしい。

それではまた、問題がひとつ増えたな、と感じながら、勘兵衛は、やがて一室で二人の男に引き合わされた。

一人が頭の岡野成明で、もう一人が与力の江坂鶴次郎《えさかつるじろう》であった。

両者に勘兵衛が挨拶をしたところで、でっぷり下膨れの顔に、ゲジゲジ眉をした岡野が言った。

「松田どのの頼みゆえ、すぐにもなんとかしてやりたいのは山山だが、いかんせん、今は人手が足りぬでな。しかしながら一件は、この江坂が段取りだけはつけておく。江坂、よしなに頼んだぞ」

巨体を揺らすように岡野が奥へと消えて、座敷には、岡野とは対照的に、痩身短軀の江坂が残った。いかにも老練そうな、四十がらみの男である。

その江坂が言う。

「なに。蔵六めのことは、以前より、鼻持ちならぬやつと、目をつけておったのだ。北町の定町廻りの手札を得たのをよいことに、そうとうに阿漕《あこぎ》なこともしておるし、いささか目に余るところも多多あってな。それで、いずれは大掃除をしてやろうと思っていたところだから、一味もろとも引っくくってしまうのはわけもない。ただまあ、今は、ちと時期が悪い。しばらくの猶予を願いたい」

「しばらく、というのは、どの程度の、しばらく、になりましょうかな」

松田も簡単には引き下がらない。

「ふむ。そうよなあ……」

江坂が困ったような顔になり、

「実は、昨年の暮れあたりから、上野《こうずけ》（群馬）、下野《しもつけ》（栃木）あたりの街道筋で、追い剝ぎが出没しはじめてな。それが今年に入ってからは常陸《ひたち》（茨城）あたりにまで広がるばかりか、どんどん増える一方なのだ。もはや、これ以上は放置できぬところまできてしもうて、その探索に大わらわでな」

与力や同心たちは江戸を出て、各地へ散らばってしまっているらしい。

「それでは、いつになるやら、わかりませんな」

「いやいや。そうとも言えぬ。奪われたる金品は、どうやらこの江戸に運ばれて、富《とみ》沢町《ざわ》の古着屋やら古道具屋に流れておるらしいことも、すでに探索の結果、明らかになっておる」

家康のころ鳶沢《とびさわ》という名の盗賊がいて、古着売買の元締めを条件に、盗賊取締りの役についたことから、富沢町と名がついて、以来近辺には古着屋が多い。

その鳶沢の印のついた布袋を二人の男が担ぎ、一人が「古着」といい、もう一人が「買った」と呼び立てながら、全国、津津浦浦を古着買いがまわる。

そうやって集められた膨大な古着は、夜明け前から古着屋の前に筵を敷いて、山と積んで売る。これを〈富沢の朝市〉というのである。

江坂はさらに、

「それに、追い剥ぎ一味の首領が、ようやく判明いたした。[逆叉《さかまた》の弁五郎《べんごろう》」というやつで、元は押し込みなどを指図しておったそうだが、仕事が手っ取り早い追い剥ぎに転じた模様でな」

「はて、逆叉、とは、また異《い》なる名じゃな」

松田は、首をかしげる。

「逆叉というは、鯱《しゃち》のことだ。弁五郎は常陸の国、鹿島あたりの、元は漁師というから、そんな異名をつけたのだろう。ま、そこまで進展しておるのだから、それほど待たせることもないと思う」

江坂の話を聞きながら、

（こりゃ、そうそう、すぐには片づかぬ話だぞ……）

勘兵衛は、そんなことを思っている。

こうして火付盗賊改方の役宅を辞した勘兵衛と松田は、すぐ近くの常仙寺に場所を移すことにした。

外はかんかん照りだったから、木陰が恋しい。寺の境内の大楠の下に、おあつらえ向きに床几があって、人っ子一人いないのが密談には最適だった。

余談ながら、この常仙寺は、かの怪談〈番町皿屋敷〉の舞台に登場する寺だ。

「なに、愛宕権現社の千日参りの日にか……」

勘兵衛がさっそく、夕べ考えたことを口にすると、松田は、ぽんと膝を打って、

「わしとしたことが、まことに迂闊であったわ。なるほど、その日をおいて、そのような好機はまたとなかろう。で、どのような手はずにいたそうかな」

勘兵衛は、さらに考えに考え抜いた計画を述べた。

「よし、それでいこう。屋敷内のことは、すべてわしが差配するから、そちらの手配

はそなたにまかせたぞ」

「承知いたしました。問題は、権蔵さまの落ち着き先でございますが」

「うむ。そこのところじゃが、なにも全員まとめて、と考えんでもよかろう」

松平権蔵の密書に応え、すでに三人の福井藩士が、大野藩邸に潜り込んでいる。それに比企藤四郎が加わって、いずこかへ匿わねばならぬ人員は、松平権蔵を含めて五人ということになる。

「ついでと言ってはなんですが、そのあたりにつきましても、［千束屋］に相談してみようと思いますが……」

実は、勘兵衛の計画には、どうしても［千束屋］政次郎の協力が必要なのであった。

「うーむ」

松田は考えこんだ。

「下手な口実をかまえるより、事情は言えぬが、ひとつ頼むと申せば、よしわかったと胸を叩いてみせる、それが［千束屋］政次郎という男でございます」

「ふむ……」

松田は長い顎をさすり、

「そなたが、そう見込んだ男であるならば、わしに文句はない。よし、そのようにはからってくれ」

こうして松田の了承を取りつけ、次に勘兵衛の足は、葭町へと向かうのであった。

4

小網町一丁目から堀江町にかけての横町は、照降町《てりふりちょう》と呼びならわされている。下駄や傘を商う店が建ち並んでいることによる、洒落から出た呼び名だ。

そんな商店に埋もれるように、障子にじかに〈いちぜんめし〉と書かれた、小さな飯屋がある。

特に店の屋号はないらしく、振り売りや人足など、ここをよく利用する者たちは、〈照り降りの飯屋〉などと呼んでいる。

そろそろ昼時とあって、障子を開け放って縄のれんだけという狭い飯屋は、客でごった返していた。

店を切り盛りする老夫婦も、てんてこ舞いの忙しさである。だが二階では、ほとんど褌《ふんどし》一丁という姿で、一人の男がだらしない恰好で窓辺に片肘をつき、親仁橋のほうを見下ろしていた。

男の名は、〈照り降りの清助《せいすけ》〉といって、ここの馬鹿息子であった。

ふだんは実家に寄りつきもしないくせに、六日ばかり前にふらりと戻ってきた。それから一日じゅう、二階から、まるで餌が引っかかるのを待つ黄金蜘蛛のように、じいっと外を見下ろしつづけているのだ。

「おおっ！」

その清助が今、やにわに声をあげ、食い入るように眼下の道に目を光らせた。

（みつけたぜ。野郎！）

清助の目を釘付けにしているのは、誰あろう落合勘兵衛の姿であった。

その勘兵衛が親仁橋を渡り、さらに堀江六軒町へと入っていくまでを、身を乗り出すようにして見送った清助が、

（やっぱり、あいつ、［千束屋］と、ぐ、る、だったぜ）

腑に落ちた顔になって、傍らの着物に手を伸ばした。

その着物の柄というのが、凄まじい。

鬱金《うこん》の地に、青緑色で鸚鵡《おうむ》という絵柄は、まぎれもなく、江戸じゅうに、大風と雷が暴れまわった前夜、深川猿江橋で勘兵衛に斬られて果てた、あの高宮という浪人者と一緒に舟に乗っていた遊び人のものに相違ない。

高宮を斬られて逃げ帰ったものの、相手の名もわからなければ、住むところもわからぬ。

わかっているのは、提灯の明かりの下で見た風貌だけである。以前に［千束屋］を襲ったときにも割り込んできた男だから、ひょっとして［千束屋］と繋がりのある男ではないか、と思えたが、これは推測にすぎない。

さて、清助は二階から駆け下り、勘兵衛が向かったのとは逆に、魚河岸方面に橋を駆け渡った。そこからすぐに左折して、次は江戸橋を渡る。

清助は、［般若面の蔵六］の子分であるが、親分に命じられて、親仁橋を見張っていたわけではない。

一両、という大金で清助を雇った相手は、本材木町二丁目から近い、左内町というところの裏長屋に暮らしている。

清助が、その裏長屋に飛び込むと、井戸端にいた長屋のおかみさん連が、まるで蛇にでも出会ったように、片隅に飛び退いた。

「へん！……だ」

舌打ちひとつをくれて、〈照り降りの清助〉は、一軒の腰高障子を、声をかけるでもなく開けた。

「先生！　嵯峨野先生！　みつけやした、みつけやしたぜ」

「おう。みつけたか」

横にでもなっていたか、答えてのそりと奥で起きあがったのは、五分月代《ごぶさかやき》の浪人者で、それが嵯峨野典膳であった。

「よし、ご苦労だった。あとは、まかせろ」

言って典膳は、すでに払っていた一両のほかに、駄賃に小粒をひとつ清助に握らせて帰すと、すぐに身支度に取りかかった。

そして――。

柳行李の上の、まだ新しい位牌に向かった。そして、

「高宮。待っておれ。必ずおまえの仇は討ってやるからな」

と、手を合わせて言った。

この嵯峨野典膳、元は伊予西条藩二万五千石の剣術指南役であったのだが、藩主の一柳直興が勤役怠慢を咎められて改易となったのが、九年前である。

そして新天地をめざすべく、幼いころよりの友、高宮次郎左衛門とともに江戸へ下ったのであったが――。

（身過ぎ世過ぎの末に、ついには、やくざの用心棒ずれにまで、成り下がってしまう

た……）

今の典膳は、そんな思いに心をさいなまれている。

元はといえば、剣の腕を買われて、日傭座支配の安井長兵衛に用心棒として雇われたのは、典膳のほうであった。

それが縁で、友の高宮も［般若面の蔵六］の用心棒で糊口をしのぐようになった。で、命じられることといえば、これは用心棒というより、むしろ、やくざの助っ人のようなもので、つくづく嫌気がさしてきているところに、友が落命した。

友の死に関して――。

典膳には、すべての責任が、自分にあるような気がしている。

大風の次の日、小名木川の中洲で高宮の変わり果てた骸《むくろ》が見つかり、それを懇《ねんご》ろに法要したのち、典膳は、きっぱりと用心棒稼業を辞めた。

しかし――。

（高宮の仇だけは、必ず俺が討つ……）

その一念だけが、典膳の心に凝り固まっていた。

そこで〈照り降りの清助〉に金を与え、どこの誰ともわからぬ、〈高宮を斬った男〉をさぐらせていたのが、ようやく実を結んだのだ。

「よし！」

高宮の位牌から顔を上げ、嵯峨野典膳は決然とした表情で、裏長屋を出た。

5

そのころ落合勘兵衛は、［千束屋］の奥座敷で政次郎と話しこんでいた。

「なるほど。千日参りの混雑に紛れて、愛宕下のお屋敷から、お侍を四人、ひそかに連れ出せばいいんですね」

「そういうことです。わけあって、その者たちの身許などは明かせませんが、お許しください」

「なんの。わけなど知ったからといって、腹が膨れるわけでもなし。そんなことは、どうでもいいことですよ。ただ、そこまでしなければならぬとなれば、よほどのことでしょうから、じっくり作戦を練る必要がありましょうな」

政次郎は、相変わらず飲み込み早く、しかも、なんでもないふうに答えた。

「そうなんです。そこでわたしが立てた計画を話しますから、おかしなところがあれば、遠慮なくご意見を、お聞かせ願えませんか」

「よろしゅうございますとも」

「まず、明後日《あさって》あたりから、愛宕下の屋敷で庭の模様替えなどはじめたいと思います。急なお話ですが、そのための人夫を［千束屋］さんで請け負ってもらえますか」

「そりゃあ、おやすいご用で。で、実際に庭普請をおこないますのか」

「敵を欺くには、まず味方からとも言います。もちろん実際に普請をおこなってほしい。工期は三日。人足の数は、多ければ多いほどいいと思います」

「はい。読めました。そういうことなのでございますな」

「はあ、そういうことです」

明後日の二十二日から、庭普請のため、愛宕下の上屋敷には、連日、多数の人夫や職人が出入りをはじめる。見張っている者にとって、それが負担になることを、勘兵衛は自分の経験から知っていた。

そして千日参りの当日、ただでさえごった返している愛宕下の道に、普請を終えた一団が、屋敷から、ぞろぞろと出てくるという計画である。その一団の中に、人夫に変装させた松平権蔵たちを潜りこませれば、ちょっとやそっとのことで、見分けがつかぬはずだった。

さらに勘兵衛は、別の目眩《めくら》まし、というのも考えている。

これは松平権蔵が十七歳で、弟の藤次郎が十六歳と年が近いことから思いついたことで、千日参りの前日から、藤次郎には愛宕下の屋敷に泊まってもらう。

そして当日、いかにも松平権蔵ふうに装わせた藤次郎に勘兵衛や八次郎などが付き添って、実際に千日参り見物に出かけようというのである。

「ははあ、それは目眩ましになりましょうな。もっとも、あの混雑の中で、落合さま方一行が、目にとまればの話ですが」

政次郎は愉快そうに笑って、

「どうでしょう。さらには芝口河岸あたりに屋根舟でも待たせて、あとは水路を行くというのも一手ではありませんか。すぐに舟の手配がつくはずもなく、それなら、もう、あとの追いようもありませんからな」

「なるほど、それはいいですね」

こうして二人、政次郎の娘おしずが用意した昼餉をともに食しながら、さらに細かな打ち合わせに入っていった。

そのうちに――。

「ところで、お屋敷より連れ出す手当は、それでよいとして、その四人さまを、どこへお連れすればよいのでしょうかな」

「それなんです」

勘兵衛としても、そこがいちばんの悩みの種であった。

「実は、最初は、ここの人宿に預かってもらおうか、などと考えていたんですが……」

先日来の［般若面の蔵六］とのいざこざで、預かっていただくお人に危険が及んではならぬのだ、と勘兵衛は正直に告げた。

「ははあ、そういうことなら、簡単でございますよ」

あっさりと、言う。

「どこか、心当たりでもありますのか」

「はい、はい。これはまだ娘さえ知らぬことでございますが、実は本庄・押上村《おしあげ》というところに、狭くはございますが百姓抱え地を持っておりましてな」

「ほほう」

「一家五人の百姓が、のっぴきならなくなったのを私が抱え地にして、今も畑を耕しながら住んでおるところですよ」

と言うからには、なにかの事情があって、政次郎が、その百姓一家を助けたのであろう。政次郎は、続けた。

「近ごろ、この人宿に住みつく者も、だんだんに増えてまいりましてな。いずれ抱えきれなくなったときには、そこに新たな人宿でも建てようか、などと考えておりますが、なに今はその百姓家以外には、私の隠れ家みたいな小さな寮があるだけで、あとは畑地ばかりでございますよ。その寮ならば、十人やそこらは暮らせましょう」

「良いのでございましょうか」

「良いも悪いも、ほとんど行くこともなく、無人で遊ばせておる寮ですよ。どうぞ遠慮なく、お使いください」

「というて、どのくらいの期間になるかもしれませんが」

「かまいませんとも」

信じられないことに、かねて懸案の一事が、あっという間に解決してしまった。

（しかし……）

勘兵衛は首をひねった。

「とりあえずのところ、その寮を使わせていただくのは五人ですが……」

比企藤四郎のような人物が、今後も増えていかないとはかぎらない。

「そのような侍たちが、百姓地にたむろしていると知れれば、近在の噂にもなりましょうし、なにやら怪しまれそうな気もいたしますが……」

「ううむ。たしかに……」

さすがの政次郎も、腕を組み、およそ小半刻ほども考えこんでしまった。

そして——。

「おい、おしず。ちょっときておくれ」

政次郎が、娘を呼んだ。おしずは十七歳になる。

「おう、えらくめかし込んだじゃないか」

出てきたおしずを見て、政次郎は笑い声になった。

昼食を支度していたときには、さほどではなかったおしずの顔が、白粉や頬紅も塗られて、きれいな化粧顔に変わっている。

「ま、いやな、お父っつぁん」

いつもきりきりと、「千束屋」の奥向きをこなしているおしずが、怨ずるような声を出し、しなを作ったのが勘兵衛には、どうにもこそばゆい。

ふと、また、初恋の園枝のことを思い出し、先日に園枝から届いた文などを思い出しして、思わず頬が赤らみそうになる勘兵衛なのだ。

「いや。すまぬ、すまぬ」

政次郎は親馬鹿丸出しで娘に謝ると、

「ところで新保先生は、どうしていなさるね」

「新保先生なら、奥で横田先生と将棋を指していたよ」

「そうかい。じゃ、ちょっとこちらに呼んでおくれ。新保先生だけでいいからね」

「はい」

いよいよ新保龍興と会うことになりそうだが、政次郎が、なにを考えているのか、勘兵衛には、まるで見当がつかなかった。

やがて、一人の侍が姿を現わした。

この［千束屋］に住み込んで、髪結いにもきてもらっているのだろうか。きちんと結った髷を見るかぎりは、とても浪人とは思えない風体になっている。

「お呼びか」

だが、声の調子は、まことに、ぶすり、としたもので、顔ひとつ笑わすでもない。

「お呼びだてして、すまぬな。ま、こちらにお座りあれ」

新保が座するのを待って、勘兵衛を紹介した。

「や……！」

すると新保は一声発し、次にあぐらに組んでいた足を正座に変えたが、

「む、む、む……」

ひとしきり、うなっている。

その様子に勘兵衛は、少しばかり気の毒になったが、なるほど、いかにも世渡りが下手そうな人柄であることは、手に取るように知れた。

ようやく新保が声を出した。

「義父《ちち》からも聞き、政次郎どのからも聞いてはおる。だが礼にまいろうにも、そこもとの住処も教えられず、いや……、かく、礼が遅れてしもうた」

とは言うが、まだ礼など一言も言ってはいないのである。

「こちらこそ、勝手に出しゃばって申し訳ない。百笑どのも、龍平どのも元気でおられるゆえ、ご安心くだされ」

「む、む、コホン！　いや、そのことでござる。義父と子を預かっていただいたは、ありがたいが、ここはその……なんじゃ。む、む、そろそろ、こちらに引き取りたい」

困った男だぞ、こいつは——。

と、勘兵衛は正直、思った。

そこへ政次郎が割って入り、

「まあまあ、新保先生、そのことも含めましてな。ちょっと先生に、ご相談がございますのですよ」

「む……。なんでござろうか」

「ざっくばらんに言うのだが、先生、ひとつ剣術道場でも開いてはみませんか」

「な……、なんと申される。道場をでござるか」

糊で固めたように、しゃちほこばっていた新保の顔に、はじめて表情のようなものが浮かんだ。

どうやら、驚いているようだ。だが驚いたのは、勘兵衛とて同様であった。

「ま、道場とは申しても、それらしいのを、これから造らねばならぬわけだが。いや、実際に新規の剣術道場をつくろうと思いましてな。その道場主に先生をと思っているのだが、いかがでございましょうかな」

「む、む、む……」

またもや新保はうなり、

「で、わしは……む、む、なにをすればよいのだ」

「もちろん道場主なのだから、剣術を教えるのでございますよ。お弟子なら、すでに五人ほど集まっております。はい。れっきとしたお侍でございますよ」

この政次郎、また凄いことを考えついたものだと、勘兵衛は感心するほかない。押上村に新道場ができて、そこに内弟子が住みつく。それなら、誰にも怪しまれることはない。

「ま、ま、まことか」

だが、降って湧いたような話に、新保のほうも、なかなか信じられぬようだ。しかし、心が動いたことにまちがいはない。

「そんなことで、嘘を言って、どうします」

「し、しかしだな……。おぬしの用心棒は、どうする」

「もちろん、これまでどおりに先生にお願いするわけですよ。剣術道場の道場主が用心棒となると、わたしも安心だし、鼻だって高い。条件をつけるとすれば、そのひとつだけでございますよ」

「そ、そうだな」

新保が考えこんだので、勘兵衛も勧めた。

「ぜひ、［千束屋］さんの好意を受けてあげてください。そうすれば胸を張って、百笑どのや、龍平どのを引き取れるではございませんか」

「そうだな」

すっかり表情が豊かになってきた新保は、

「で、その道場だが、どう名づければよいか」

十分、その気になっている。

「ほかのことは、すべてこちらで手配いたしますが、それればかりは、先生がお決めになればよいことで」

「よいのか」

「もちろんです。先生の道場ですよ」

「ふむ。そうか。では……、なんと、名づけようぞ」

「〈百笑流〉では、だめなのですか」

それが火風斎の夢であったな、と知っている勘兵衛が言うと、

「うむ、それでもいいのだが……」

新保が語ったところによると、江戸にきた当初も、佐久間町の朝比奈道場で代稽古をつけていたころも、新保は、さかんに、その〈百笑流〉の名を出したという。

「知ってのとおり、その後の拙者は、武芸者の誇りも心も、かなぐり捨てた生活を続けてきましたからな。おそらくは、そんな姿を見知った者も多くおるはず……、で、今さら〈百笑流〉などと看板を上げれば……」

嘲笑の的になるのではないか、と訥訥とではあるが、言うのである。

そういう胸の内を明かすほどに、新保は心を開いてきた。

そして――。

俄然と目を輝かし、新保が言った。

「どうであろうな。〈火風流〉というのは」

「おう、それは、なかなかによい名前ではありませんか」

ということになった。

6

その後も政次郎と、細かな打ち合わせをすませ、勘兵衛が［千束屋］を出たのは八ツ半（午後三時）をまわったころであった。

押上村に〈大神宮〉と呼ばれる神明社があるそうで、［千束屋］の百姓抱え地は、その裏に位置するという。また、すぐ近くには〈七面《しちめん》明神〉という神社もあるそうだ。

勘兵衛は、これから、そこに行ってみようと思っている。

その土地で、畑を耕しながら住む百姓一家の主は忠兵衛といって、勘兵衛の懐には、政次郎が書いた紹介書が入っている。

(まずは……)

炎天下を人形町通りに向かって歩きながら、勘兵衛は考えている。

(あの、比企藤四郎を……)

明日にも先遣として押上の寮にやる。そして準備を整えさせたうえで、愛宕下の屋敷を出た松平権蔵たちを迎えさせる……。

(そういう段取りが、よかろうな)

そんなふうに、次次と思案を重ねながら人形町通りに入った勘兵衛は、

(ややっ)

なにやら、奇妙な感覚に捉われた。

(はて……?)

いま味わった違和感が何であったのか、勘兵衛は思考を凝らした末に、その原因を突き止めた。

付近は芝居町とも呼ばれるほどに、芝居や狂言小屋が建ち並ぶあたりだから、いつもなら通りは人人であふれている。

それが、きょうにかぎって、白《しら》じらしくなるほどに、がらんとした大路が行く手に走っているのだ。

（そういえば……）

麹町から［千束屋］へと急ぐあまり、そのことを見過ごしていたが、親仁橋あたりでも、いつものような繁華さはなかったな……と、勘兵衛は思い出した。

実はこの時期、中村座、市村座、森田座に山村座といった大芝居四座をはじめ、ほとんどの小屋は、〈芝居土用休〉と称して狂言を休んでいる時期であった。

だが、そのことを勘兵衛は知らない。

（どういうことで、あろうか……）

その不審感がなければ、あるいは、勘兵衛は自分の跡を、ひたひたとつけてくるひとの気配に気づかずにいたかもしれない。

（はて……？）

再び勘兵衛が、胸に不審を落としたのは、通旅籠町《とおりはたごちょう》の角を右に曲がったころであった。

何者かが尾行してくる……。

そんな気配を感じ、道を曲がろうとした際、ちらりと人形町通りを確かめたのだが、怪しい人影は見あたらなかった。

そのまま通油町を過ぎ、土橋を渡るころにも、

（やはり……）

相変わらず、尾行の気配は消えずにいる。

（何者か？）

だが、そんな疑念を態度には出さず、勘兵衛は歩調も変えずに歩きつづけた。

（もしや……）

通塩町まできて、ふと勘兵衛は、尾行者が福井藩ゆかりの者ではないか、などと推量した。

そんな連想が出たのには、理由がある。ちょうど勘兵衛が通過中の通塩町、ここから二つ南の筋に福井藩の上屋敷があったからだ。

近ごろ勘兵衛は、頻繁に愛宕下の屋敷を訪ねていて、すでに近辺を見張る者たちに顔を覚えられた、と考えてよい。それで怪しまれたのかもしれぬ……。

（そういうことか……）

勘兵衛のこの推量は誤っていたのだが、結果として、勘兵衛を慎重にさせた。

やがて両国広小路、ここから押上村までは、約一里――。

つけてくるものの気配を感じながら、むしろゆったりとした歩調で両国橋を渡った勘兵衛は、そのまま、回向院表門へと足を向けた。

そして――。

表門をくぐるなり、勘兵衛は、だっと左へ駆けだし、鐘撞き堂の陰に身を潜めた。

そして、じっと表門を見て、やがて姿を現わすはずの尾行者を待った。

だが、誰も現われぬ。

尾行者は、姿を消してしまったのである。

それでもなお、勘兵衛は気配を殺し、およそ半刻ばかりも鐘撞き堂の陰に身を潜めつづけた。

すでに押上村へ向かうことはあきらめていた。念には念を入れねばならぬ。

あるいは尾行者は、回向院の外で、勘兵衛が姿を現わすのを待っている可能性もある。そこで勘兵衛は、回向院裏門より出でて大川端を下り、永代嶋河岸から〈大渡し〉を使って愛宕下の屋敷へ向かった。

松田に会い、［千束屋］との話し合いについて報告するとともに、最終の打ち合わせをすませておく必要があった。

滞りなく松田との協議をすませ、夕食をともにして勘兵衛が愛宕下通りに出たとき、すでに日は暮れ、二十日月の光が江戸の街を抱き取っていた。

昼間の暑熱が嘘のように、涼しげな虫の声を聞きながら、勘兵衛は四囲に注意を向けた。跡をつけてくるような気配はない。

（すると、あれは……）

昼間の尾行者は、いったい何者であったのだろう……と、勘兵衛は思う。

ちょうど同じころ、遠く離れた下谷・金杉村で、近ごろ出入りの魚屋の仁助が斬られていることなど、夢にも知らない。

月下の決闘

1

翌日、比企藤四郎は［千束屋］の書状を懐に、単身、押上村へと去っていった。三日後に比企は、ようやく松平権蔵と同志たちに出会えるはずだ。

この日、勘兵衛は八次郎を塩川七之丞のところに、使いに出した。

七之丞は、上野町の［日高屋］という筆墨問屋に間借りして、寺子屋を営みながら〈弘文院〉に通っている。

七之丞への使いの内容は、明日の夕、［和田平］への誘いであった。

弟の藤次郎が江戸に出てきたが、思わぬ成り行きから、江戸見物のひとつもさせていない。また昨夜の松田との打ち合わせで、大和郡山藩邸への藤次郎の仕官の挨拶は、きたる二十五日と決まっている。そして今月の末には、弟は大和郡山へと旅立つ予定になっていた。

そこで勘兵衛は［和田平］にて、心づくしの宴でも張ろうと思い立った。まさに忙中閑あり、の心境である。

できれば、いま一人、伊波利三も招《よ》びたかったが、遊学中の七之丞とはちがい、利三は若殿の小姓組頭という立場だった。あとで利三にむくれられることは承知のうえで、あえて誘わぬことにしたのである。

喜んで、お招きを受ける。

それが、八次郎が持ち帰った七之丞の返事である。

（さて、園枝どのからの手紙について、七之丞に伝えたものか、どうか）

七之丞は親友であるとともに、初恋の女《ひと》、園枝の兄でもあった。

なにやら照れくさいような気分で、勘兵衛は七之丞の返事を聞いた。

明けて二十二日、勘兵衛は訓練用の竹筒を、両手でかわりばんこに握りしめたり、庭に出て〈残月の剣〉の稽古をしたりして過ごした。

「ふむ。ずいぶんと、かたちになってまいりましたな」

近ごろ、寝たり起きたりの火風斎が、そんなふうに勘兵衛に声をかけてきた。

まだ勘兵衛は、火風斎に、新保龍興と会ったことは話していない。新保が新たに〈火風流〉を名乗る剣術道場を興すのは、まだ先のことになろうからだ。これから、道場らしいものを造ろうとする段階でしかない。

押上村の寮で、松平権蔵をはじめとする元福井藩士たちが、新保龍興の内弟子として道場の経営に関わる、という口実については、江戸留守居の松田が、委曲《いきょく》を尽くして説明をしているはずだった。

そして――。

屋敷からも［千束屋］からも、勘兵衛に何の連絡もないところを見ると、きょうからはじまる愛宕下の屋敷の庭普請も、すでに問題なく開始されたと思ってよい。

政次郎の話では、およそ二十数名の庭師や人夫たちが、屋敷に入っているはずである。

そして夕刻も近づき、

「藤次郎、そろそろまいろうか」

勘兵衛が弟と一緒に［和田平］に向かうべく玄関先へ出ると、飯炊きの長助が、首をひねりながら言った。

「どうしたものか、きのう、きょうと、魚屋の仁助が顔を出しません」

「ほう」

あれ以来、欠かさずご用聞きにくる仁助が、やってこないのだという。

「夏風邪でも、ひいたのかな」

勘兵衛は、気にも留めなかった。

そしてその夜、勘兵衛たち三人は、［和田平］にて穏やかな夏の小宴を催した。

その翌朝のことである。

火風斎が高熱を出した。心なしか、顔にも黄ばみが出てきたようである。

さっそく八次郎を、医者の乗庵のところに走らせた。

やがて乗庵がやってきて、見立てののち勘兵衛を隅に呼んだ。

「腹水も溜まりはじめております。あれでは、さぞ苦しいことでございましょう」

「そんなに悪いのか……」

ついぞ火風斎は、そのような素振りさえ見せなかった。

「残念ながら、やはり、この夏は越せそうにありませんな」

「さようか……」

痛ましさに胸を衝かれる思いであったが、いよいよ明日が、大切な日であった。

「きょう、明日ということはございますまいな」

「あと、十日やそこらは大丈夫でございましょう。しかし最後には……」

まるで錯乱したかのように、わけのわからぬことを口走ったり、大暴れをするようになると言う。

「気でもちごうたか、と思われませぬよう。それが、この病の最終段階でございます。そのときには、この薬を……」

と、乗庵は眠り薬を手渡して、さらに、もう一服、赤い薬包紙の薬を出した。

「もうそうなれば末期の症状にて、たとえもっても一日かそこら、むごいようですが、楽に往かせてやるのが本人のため。眠っている間に、これを含ませるとよいでしょう」

「もしかして、毒か？」

「はい。苦しませず、静かに往かせてやることができます」

「ふーむ……」

その役目は、やはり新保龍興をおいてほかにはあるまいな、と勘兵衛は思った。

「ところで……」

勘兵衛が受けとった薬包を、手拭いに包んで懐にしまったのを見届けてから、乗庵が言った。

「瀬戸物町の仁助のことは、お聞きになりましたかな」

「あの魚屋のことですか。なにかありましたか」

「やはり、ご存じなかったか。いや、実は、あの仁助、何者かに斬られましてな」

「なに、斬られた！」

「いやいや、ご心配には及ばぬ。命に別状はございませんから」

乗庵の説明によると、瀬戸物町の木戸番が乗庵を呼びにきたのは、三日前の深夜に近いころだったという。

全身ずぶ濡れで、しかも肩から血を流しながら、ほかの木戸番に見とがめられることもなく、どんなふうに戻ってきたものかはしれぬが、仁助は顔見知りがいる番太小屋に駆け込んでくるなり倒れ込んで、乗庵先生を呼んでくれ、と頼んだらしい。

「背から斬られて池に落ちたそうですが、よく助かったものです。というのも、仁助は研ぎ屋に出すはずの鎌を、風呂敷に包んで背負っていたそうでして、それが幸いして、たいした傷にはならなかったようです」

「ほう。それは災難、というか、それとも僥倖といおうか。で、辻斬りか、なにかでしょうか」

「さて、なにに怯えてか、仁助は口を閉ざしております。お上にも知らせないでほしいと言うもので、自身番の方がたとも相談のうえ、仁助の願いどおりにしてはおるのですが」

「しかし、物騒なことですね」

この日、勘兵衛は、明日の大一番に備えて、弟を愛宕下の屋敷に連れていく予定であった。

(見舞いは、すべてが終わってからのことだ……)

そう思いながら勘兵衛は、こう次つぎと、身のまわりになにかが起こるのは、いったいどういうことぞ、と溜め息をつく想いである。

2

さて、いよいよ愛宕山権現社の千日参りの当日がやってきた。

勘兵衛は昼前には町宿を出て、八次郎とともに愛宕下の屋敷へ向かった。

すでに京橋を過ぎたあたりから、人波は次第に増えはじめてくる。すれちがうひとの手には青鬼灯《あおほおずき》の植木があって、千日参りの帰りだとわかる。

(なるほど、すごい人出だ)

愛宕下通りに入ると、もう文句のない混雑で、桜川沿いには臨時の茶店など建ち並び、水飴だの心太《ところてん》だのと、どの茶店もひとが鈴なりに入っている。

勘兵衛は、いつも見張りがいた藪小路あたりを確かめようとしたが、それさえ群衆に揉まれて、定かには見えぬ。

そんな様子だから、愛宕下の屋敷にたどり着くのさえ、容易ではない。このとき勘兵衛は、きょうの計画が成功するであろうことを確信した。

さて、ようように大野藩邸に入り、松田の役宅へ八次郎と入った。

そこには、松田と一緒に弟の藤次郎が、これまで袖を通したこともない、絹縮《きぬち》の単衣に夏羽織といった態《なり》で、かしこまっている。

「おう、馬子にも衣装じゃ」

勘兵衛がからかうと、藤次郎のほうも、

「よう、まいった。よしなに頼むぞ」などと軽口を叩いた。

その傍らに、真新しい塗り笠が置かれているから、それで面体を隠し、松平権蔵になりすますようだ。

「すでに庭普請も終わって、準備は、すべて整っておる」

言って松田は、勘兵衛に目配せした。

権蔵さまに引き合わせるつもりであろう、と勘兵衛は悟り、松田とともに役宅を出て、江戸家老の役宅へと向かった。

すでに人払いされている家老役宅に入り、一室の前で松田は声をかけ、襖戸を開いた。

「ごめんつかまつる」

中に、四人の人夫がいた。いや、それは風体だけである。

今は故人となった前福井藩主が、自死してまで隠しつづけようとした秘密の男子と、それを慕って集まってきた脱藩の藩士たちである。

そのうちで、最も若い面皰《にきび》面の男を、

(これが権蔵さまか……)

勘兵衛は、そうと認めて一礼した。

松田が言う。

「これが、先日来、お話ししておった、我が腹心の落合勘兵衛でござる」

「そうか。余が松平権蔵だ。よろしく頼むぞ」

「かしこまりました」

勘兵衛は、頭を下げて一同に挨拶をしたのち、

「お手はずどおりに、皆様を［千束屋］政次郎という者に、あるところへご案内させます。そこでは比企藤四郎どのが、皆様をお待ちしております」

「おう。比企がか、比企藤四郎が江戸にきておるのか」

権蔵が嬉しげな声になったところをみると、まだ松田は、比企のことを告げてはいなかったようだ。

松田が念を押した。

「何度も申しますが、皆様方の素性を知るのは、大殿と間宮御家老に拙者以外は、この落合勘兵衛のみ。これから皆様がたをご案内する［千束屋］や、その関係者たちも誰一人として知らぬこと。その点に重重ご留意なされ、かまえて漏らされぬように、お願いしたい」

「わかっておる。それほどの馬鹿ではない」

もう耳にタコができたと、言わんばかりに、権蔵は渋面を作って声をとがらせた。

自分を抑えることのできぬ人物らしい。

そこで勘兵衛は、権蔵の気持ちを少しでも和らげるべく、言った。

「あと僅かの、ご辛抱でございます。我が殿が国許より参府するのは、来年立夏の四月ごろ。それまでに、不肖、我らも、皆様がたのご身分が定まりますように、力を尽くしますほどに」

「頼りにしておる。よしなに頼むぞ」

「承知いたしました。その間、もし、なにか、ご不自由な点でもありましたら、いつでもわたくしにご相談ください。比企藤四郎どのが、我が住まいを知っておりますゆえ」

権蔵たちの表情が和んだ。

「では、最後の打ち合わせをしてまいりますので、今しばらく、ここにてご待機くださいますよう」

勘兵衛は松田を残して席を立ち、松田の若党である新高八郎太とともに、中間小屋へ向かった。八郎太は八次郎の兄である。

中間小屋では、「千束屋」政次郎をはじめとする、人宿の人夫衆が勢揃いして、すでに昼餉を終えていた。そのなかには「へっついの五郎」も混じっている。

政次郎が言った。

「準備は、万端整っております。さきほど、この五郎を走らせましたが、汐留橋近くの木挽町《こびきちょう》河岸に船も着いておりますそうで。ですから、いつでもよろしゅうございますよ」

「そうですか。で、船は何人乗りでしょう」

「八人乗りの屋形船を用意いたしました。念のため、新保先生と横田先生を乗せております。わたしもご一緒するつもりですから、もう一人なら乗れますが、どういたします？」

「いや。わたしたちは囮《おとり》役として動きます。無事に船に乗り込むのを見届けたら、ゆっくり千日参りの見物でもいたしましょう。あとは、［千束屋］さんにおまかせしますよ」

新保の名が出て勘兵衛は、ふと、火風斎の容体を話す気になった。［千束屋］のことだから、よい思案を出してくれそうに思う。

乗庵の話では、もうそれほど長くはなさそうだった。今のうちに、新保龍興に会わせてやりたい。

「そりゃあ、いけない」

政次郎は、眉を曇らせたあと、

「どうですね。この際、火風斎さんと龍平さんを、わたしのほうに預からせていただけませんか」

「勝手だが、そうしていただけるとありがたい。わたしのほうからも、お願いせねばと思っていたのですが」

「じゃ、早いほうがいい。明日にでも、お二方をお引き取りにまいりましょう」

「いや、明日は……」

明日は、藤次郎の仕官の挨拶だった。

きょうの囮役のこともあり、また明日は松田も一緒だから、勘兵衛と藤次郎は千日参り見物のあと愛宕下の屋敷に戻り、そのまま宿泊をする予定になっている。

「なに、こういうことは、留守の間のほうがいいのですよ。でないと、互いがつらくなりますでな」

（なるほど、そういったものか……）

勘兵衛は、改めて［千束屋］政次郎の世知の深さに感じ入っていた。

「では、八次郎に、そのように伝えておきますので、どうかよろしくお願いいたします」

「わかりました。新保先生も喜ばれましょう」

「はあ、まことに。では、そういうことで……。じゃ、さっそくはじめましょうか」

「わかりました。では、切手門のところで、お待ちしております」

「はい。わたしたちは表門より出て、そっと見届けることにいたします」

暫時ののち――。

愛宕下屋敷の表門から、塗り笠をかぶった藤次郎と、その供を装った勘兵衛と八次郎が屋敷外に出た。そして、あまりの人出に驚いたように軒下で立ち止まり、左右をきょろきょろ見まわした。

そのとき、北の切手門から、ぞろぞろ雑多な服装の職人やら人夫たちが湧き出でて、たちまち通行の群衆に紛れ込んでいく。

それを合図のように、勘兵衛たちも群衆に紛れてあとを追った。だが愛宕権現の総門前まで着かぬうちに、もはや、どれがどれやら、誰が誰やらわからぬようになっている。

人群れを掻き分け掻き分け、ようやく桜川沿いの通りを抜け、次にはお堀端を幸橋に向けて進むころ、多少は人波も減ったが、どの背姿が権蔵たちを包みこんだ一団なのかさえ定かではない。

その間、勘兵衛は怠りなく周囲に注意をくばったが、怪しげな動きをする者や、それらしい気配は感じられない。

そして芝口橋に近づいたころ、

「あ……」

小さく八次郎が声に出した。

「うむ」

勘兵衛もうなずく。

参拝を終えた大方の客は芝口橋を渡るが、真っ直ぐに汐留橋のほうへ急ぐ一団が目にとまった。

だが、その一団はすでに、堀川端に建ち並ぶ蔵に隠れて見えなくなった。勘兵衛たちが汐留橋に近づいたころ、先の三十間堀に舫われた屋形船に、次次と人が乗り込む様子が見えた。

「ゆっくり行こうぞ」

勘兵衛は言って、歩調をゆるめる。もし邪魔でも入るようなら、一気に駆けつけねばならない。

やがて屋形船は八丁堀の方向へ、静かに河岸を離れていった。

その舟影をしばらく見守ってから勘兵衛は、腹に溜めこんでいた緊張の息を、大きく吐き出した。

「さて、ゆっくりと愛宕権現の見物でもしようか。そうそう、［あき広］というてな。穴子飯のうまいところがあるのだ」

江戸へ出てすぐ、伊波利三に連れられていった崖茶屋を、勘兵衛は思い浮かべていた。

3

愛宕下の大野藩上屋敷から、大和郡山藩本藩である本多中務大輔《なかつかさたいふ》の上屋敷までは、およそ十町ほどの距離である。

きのうの混雑が嘘のような愛宕下通りを、勘兵衛は松田と藤次郎と連れだって、愛宕下大名小路にある本多中書の屋敷へ向かった。

真福寺門前から薬師小路に入り、

「おりましたな」

勘兵衛は、小声で松田に言った。

「そうじゃの」

松田が、ほくそ笑んだような声を出した。

相変わらず、見張りがいたのである。

つまりは、松平権蔵が、すでに屋敷を出たことに気づいていないわけだ。

本多中書家では、筆頭家老の都筑惣左衛門と、その用人の日高信義が勘兵衛たちを待ち受けていて、互いの挨拶ののち、藤次郎には、ただちに俸禄三十石、目付見習の沙汰がくだされた。

日高老人が言うには、

「藤次郎どのとの旅立ちは、末の二十九日と言うておったが、その日は、あいにく仏滅でな。それで七月一日ということにした」

「それでは、品川あたりまで、お見送りいたしましょうかな」

「それは、ありがたい。なにしろ、その日は奇しくも、先勝にあたりましてな。そのうえに、また一日と重なってござる」

「そうなのですか。それはいい」

勘兵衛と日高老人のやりとりに、藤次郎は首をかしげ、松田も怪訝な顔をした。

かつて先勝の日が「和田平」での、勘兵衛と松田、そして別所小十郎と三人きりの秘密の会合日であり、その後に毎月一日と変わったことなど、誰も知らない。

（そういえば別所どのは……）

今ごろは、もう大和郡山の空の下であろうか、と懐かしく思い出していた。

こうして無事に弟を仕官させ、

「次は、般若面の、なんとかというやつの始末じゃな」

「はい。それに権蔵さまの行く末のこと」

「うむ。わしもせいぜい動くが、そなたもな……」

大名小路で松田と右左に別れて勘兵衛は、さて、これから瀬戸物町に仁助でも見舞ってやるか、と考えていた。

途中、日本橋付近の菓子屋で見舞いの品を包ませ、

(たしか、徳利長屋とか言っておったな)

瀬戸物町の番屋で尋ねると、すぐにわかった。

裏長屋の腰高障子に「魚仁」と、金釘流に大書されたのを開けると、

「おっ！　こりゃ、落合の旦那」

褌一本と腹掛けという恰好で法被を引っかけ、薄布団の上に大あぐらをかいて、冷やし素麵を啜りこんでいた仁助が目を剝いた。

すぐそばに、十七、八の前掛けをした娘がいる。

「お、そちらは、お内儀か」

「ま……」

と娘は両手で顔を包み、仁助はというと、口いっぱいに啜っていた素麵を、あわて

て飲み込むと目を白黒させて、

「と、とんでもねえ。ええと、お秀《ひで》は、そこの横町の茶碗屋の下働きで……。おい、お秀、そろそろ帰《けえ》らねえと、またおかみさんの剣突《けんつく》が出るぞ」

「あいよ。じゃ、また夕飯《ゆうめし》のころにくるからさ。あ、器は、そのままにしておきよ」

言って、お秀と呼ばれた娘は小腰をかがめながら、勘兵衛のそばをすり抜けていった。

「ふうん……」

「あ、そんなんじゃありませんぜ」

手を振りかけた仁助が、

「てっ、てっ、て……」

顔をしかめた。傷に響いたらしい。

「元気そうでよかった。とんだ災難だったな」

「へえ。でも、どうしてまた……」

「乗庵先生に聞いたのだ」

「さようで……。あ、すると、あのお方のお具合でも……」

「うむ。まあな」

もう今ごろは、［千束屋］から迎えがきて、火風斎たちは引き取られていっただろうか、と勘兵衛は思った。

八次郎には、きのうの別れ際に、乗庵から渡された眠り薬と毒薬のありかを教えておいたから、それも［千束屋］の手に渡ったはずだった。勘兵衛は、ずん、と重い塊《かたまり》が胸の底へ落ち込んでいくのを感じていた。

「なんでも、鎌を背負っていて、それで助かった、というようなことを乗庵先生から聞いたが」

「へえ。そうなんで。いや、おっ母《かあ》の古鎌が刃こぼれしたもんで、それを研ぎ屋に出そうと背負っていたんでさ。いや、まるでおっ母が守ってくれたようなもんでさ。へい、あれでござんすよ」

仁助が指さす先には、古びた鎌が、壁に打ちつけられた神棚ふうの板に飾ってあった。

「ふうん。おっ母さんは、どちらにお住まいだ」

「へえ。金杉村で」

「そうか。じゃ、金杉村の帰り道に襲われたのか」

「あっ」

仁助は口を押さえ、

「いけねえ、いけねえ。旦那にゃ、かなわねえな」

「なにかに怯えているようだと聞いたが、よければ話してみろ。力になれるかもしれないよ」

「そうだよなあ。怯えてばかりじゃ、これから商売にも差し支えるし……、いやあ、とんでもねえことを聞いちまいましてね」

仁助は、二十日の夜のできごとについて話しだした。

「今から思うと、ありゃあ盗人宿かなにかで、盗め稼《つと》ぎの分配のことを、うっかり、おいらが盗み聞きしちまった。それをみつかって、こんな目に遭ったような気がするんでさ」

「ふむ。で、その盗人宿というのは？」

「へえ。金杉村に〈三嶽社〉って、昼間でも薄気味悪そうな神社があるんですが、そのそばに……」

説明を続ける仁助から、［般若面の蔵六］の名が飛び出して——。

（なんと……！）

声には出さぬが、勘兵衛は内心、大いに驚いている。

「で、なんとかいう頭《かしら》が、江戸に出てくることになったから、来月の五日に、草加宿の〈末広や〉という宿屋に夕刻に集まり、金を分けようというような話でしたが……」

「なんとかという頭とは？」

「どうせ、盗人のお頭でしょうよ。いや、聞きちげえかもしれねえが、あっしには、猿股《さるまた》の頭、と聞こえたんでさあ。でも、そんなおかしな名の頭も、いるめえ、と思いやしてね」

「ふむ！」

勘兵衛には、閃くものがあった。

偶然にも仁助が〈因果小屋〉で、この話を盗み聞いた同じ日、勘兵衛は火付盗賊改方の役宅で、［逆叉《さかまた》の弁五郎］という追い剝ぎ団の頭の名を耳にしている。

仁助が耳にした猿股の頭とは、この［逆叉の弁五郎］のことではないのか。

追い剝ぎは、上野、下野、常陸で頻発しているという。追い剝ぎで奪った金以外の、着物や道具類を江戸で換金するとすれば、いずれも日光道中筋ということになり、金杉村は、まさにその点で辻褄も合う。

追い剝ぎというと、いかにも小泥棒といった印象があるが、それがそうでもないらしい。

これも火盗与力の江坂から聞いた話だが、盗賊団が大店などを狙うとき、何年もかけて、その準備を進める。それほどの手間暇がかかるのに対し、追い剝ぎのほうは、準備など必要がない。人通りの少ない場所と時間を選ぶだけでよい。

狙う相手は旅人だから、たいがいはまとまった金子を持っているし、旅の諸道具も揃えているから、数さえこなせば、いい稼ぎになるのだという。

仁助の話によると、そんな盗賊団に〔般若面の蔵六〕も一枚嚙んでいるようだ。

(なんと、これで、〔般若面の蔵六〕を一気に、ぶっつぶせるではないか)

「仁助。怯えて暮らすどころか、こりゃひょっとすると、大手柄になるぞ」

「へ?」

「まあ、よい。あとはわたしにまかせて、ゆっくり養生をしておれ。ええと、来月五日、草加宿の〈末広や〉という宿屋にまちがいはないな」

「へい。まちがいはございません」

このあと、勘兵衛が麴町の火付盗賊改方役宅へと急いだのは、もちろんのことだ。

4

江戸より京に上る東海道は、まさに海道の名にふさわしく、牛町を過ぎるあたりから、雄大な太平洋と隣り合わせの街道となる。

藤次郎と日高信義が大和郡山へと旅立つ日、天候はまさに快晴、真っ青な空と海が互いに溶けあうような沖に入道雲が立ち上がり、近くは無数の白帆と鷗が舞う日和であった。

のちにこのあたりに大木戸ができ車町と名を変えて、見送りや出迎えの茶屋が並んで繁華な場所ともなった。だが、このころの牛町は、名のとおり牛車を曳く〈藪くぐり〉と呼ばれる牛が千匹以上も飼われる町で、あとは高札場があるだけの土地であった。

この日、勘兵衛は品川まで二人を送り、品川宿の茶屋で、かたちばかりの盃を交わして江戸へ戻った。

それから三日がたった、七月四日の午後のことであった。

火風斎危篤、との報せがあって、勘兵衛は［千束屋］へ駆けつけた。

すでに火風斎は、昏昏と眠っている。

「ものすごい怪力でございましたよ。うちの若いのが、三人がかりで押さえつけても、まだ間に合わぬほどでした」

政次郎が言うところをみると、乗庵の指摘どおり、火風斎は、そうとうに暴れたものと見える。

火風斎の枕元には、すっかり顔つきがおだやかになった新保龍興と、一子、龍平が神妙な顔で座っていて、勘兵衛に深く頭を下げてきた。

勘兵衛も礼を返し、ふと枕元の盆に、水差しと赤色の薬包が置かれているのに気づいた。

そのまなざしに気づいた新保が、

「これも天命でござろう。皆皆様がたのご厚情に接して、こうして畳の上にて往生を遂げられることが、まことにもって幸せでござろう」

言って、目をうるませた。横では龍平が、右腕で、ごしごし目をこすっている。

勘兵衛に、出ることばはなかった。

(思えば、ひと月と少しの交わりでしかなかったが……)

火風斎の存在が、意外にも大きかったことを勘兵衛は悟った。

ようやく、

「では別室にて待っておりますゆえ」

勘兵衛は一礼して部屋を出た。

暴れる火風斎を薬で眠らせたあと、あの赤い薬包を使わなかったのは、勘兵衛を待ってのことだろう、と思った。

「押上村では、一昨日より、すでに道場の普請に入っております。すべては順調でございますよ」

政次郎が、それとなく松平権蔵たちの消息を伝えてくる。

勘兵衛のほうでも、明日、火付盗賊改方の手によって、［逆叉の弁五郎］一味どともに［般若面の蔵六］たちも捕らわれるであろうことを伝えたかったが、それは言わぬと決めている。

それから粛粛とした時間が、いくほど続いたことか。やがて新保が龍平の手を引いて、勘兵衛のいる座敷に姿を現わし、きちんと正座すると深ぶかと頭を下げた。

火風斎が逝ったようだ。

暑熱の時期であり、この江戸に火風斎の知辺《しるべ》もないことから、今夜を通夜、明日を葬儀と決めて、さっそくその手配に入った。

通夜に出た酒と料理を、ほんの少しだけ口にして、勘兵衛は［千束屋］を辞した。

空に四日月しかない暗い夜だった。

それでも人形町通りには、軒行燈を掲げる商店などが続き、歩行に困難はない。

だが、小伝馬町の牢屋敷を越えたあたりから、行く手は闇に閉ざされはじめる。

(む……)

そのとき勘兵衛は、なにやら背後に異様な気配を感じて立ち止まった。

ゆっくり振り向いたが、犬の子一匹いるわけではない。

(気のせいか……)

再び道をたどる先には、火除けのために土手が築かれ、松の木が植わっている。のちに神田堀が通されるあたりだ。

勘兵衛が〈薬師の前〉と呼ばれる寂しいあたりに差しかかったとき——。

突如、疾風のように背後から凄まじい殺気が肉薄してきた。

「やっ！」

小さな気合いを発し、勘兵衛は振り向きもせずに土手の方向に走った。

振り向けば——。

その一瞬の隙に、必ず斬られる。勘兵衛の本能が、そう教えた。

およそ半町ほどを駆け抜けて、勘兵衛は腰を落としざま大刀を、背後に近づく殺気に向けて抜き打った。

黒い影が、ひらりとそれを躱し、まるで勘兵衛の頭上を越えるように攻守ところを変えたと思ったら、一瞬ののちには壮烈な刃風が勘兵衛の頭上に落ちてきた。

それを勘兵衛が刀で受け、刃と刃がぶつかり、闇に火屑《ほくず》が飛んだ。

さらに黒い影は、淀みない連続技で勘兵衛の胴を狙ってくる。腰を落としたまま、まだ十分な態勢をとれないまま、かろうじてはじき飛ばし、ささっと後方に走りながら、ようやく間合いを保つことができた。

「何者だ！」

剣を青眼に構え、やっと声を発することができた。

対して人影は、剣を大上段に構え、

「嵯峨野典膳と申す。高宮の仇と思い知れ」

「なんと……」

そうか、こやつが……と思ったとき勘兵衛は、左の脇腹に鈍い痛みを感じた。

（しまった！）

胴にきた刃をかろうじて払ったつもりであったが、典膳の剣は、勘兵衛の脇腹を斬り裂いていたようだ。

その動揺を、隙と見た典膳が、

「死ね！」

裂帛の気合いで袈裟斬りにくる。勘兵衛は果然としてその間合いに飛び込み、再び刃と刃が火花を散らし、互いに行きちがったのち、転瞬の間もなく典膳の突きが入った。

（南無三！）

いつもなら十分にかわせたはずの突き技であったが、すでに手傷を負った勘兵衛の身体は、本人が思っているほどには動かなかった。

浅くはあったが、典膳の切っ先は、またも勘兵衛の左脇腹に突き立った。

（おのれ！）

突きを決めたのち後ずさった典膳を、勘兵衛は敢然と懐に飛び込み、迅速の突きを送った。だが、典膳はするすると後ずさってこれを躱し、早くも次の態勢に入ろうとする。

（今だ！）

間合いを見切った勘兵衛は、そこで決死の連続技を放った。

「おおっ！」

すでに間合いの外、と見切って勘兵衛の太刀筋を受け流し、次の変化に入ろうとした典膳の動きが凍りついた。

勘兵衛の放った剣が、思いもかけず片手斬りに、ずいっと伸びてきたからだ。刀で跳ねあげようとする動きをみせたが、そのときすでに、勘兵衛の剣は虚空に一閃の光芒を放ち終えていた。

「ほげっ！」

勘兵衛の釯子は、あやまたず典膳の頸動脈を断ち切り、典膳は血飛沫《しぶき》を上げて、その場に昏倒、絶命したのである。

勘兵衛は呆然としていた。

やがて大きく息を吐き、典膳の骸を確かめた。左首の頸動脈が、見事に断ち切られている。流れ出たおびただしい血が地面を黒く染めていた。

――これが……〈残月の剣〉……。

思わず放った右手の片手斬りは、火風斎に教わった秘剣だったのだ。

それが、自分を救った。

じわじわと熱いものが、勘兵衛の胸に這い上ってきた。礼を言うべき火風斎は、すでに亡いのだ。

血振りをした剣を鞘に収め、典膳の骸に手を合わせたあと、長く頭を垂れて火風斎の冥福を祈りつづけていた。

5

そして、勘兵衛のほうも――。

思った以上に、出血がひどい。

勘兵衛は、夏羽織を幾重にも折りたたんで傷口を押さえ、手拭いを裂いて結び合わせた紐で、固く縛った。

(町宿までは、もたぬかもしれぬ……)

応急の血止めをしながら考えていた。

幸い、意識はまだはっきりしている。

(［和田平］しかない)

そこまでなら、わずかに四、五町の距離である。

勘兵衛は［和田平］に向かった。

その間、跡をつけてくる気配はないか、さらには道路に点点と血の跡を残さぬように、注意も向けている。逃げ込む先を敵に悟られてはならぬし、［和田平］に迷惑もかけられぬ。

大門通りの路地から入り、勘兵衛は、先日教えられた［和田平］の勝手口を叩いた。

「まあ、勘兵衛さま」

魂消《たまげ》たような声を出し、女将の小夜が、勘兵衛を抱きかかえるようにして、例の離れに運び込んだ。

「まあ、ひどいお怪我や、おまへんか」

さっそく水盥やら、晒やらを持ち込み、小夜はきびきびと手当をはじめた。

「なに。血さえ止まれば大丈夫だ。ご造作をおかけする」

「なにを言うてはります。すぐにも、お医者をお呼びしますさかい」

「ならば、堀留町《ほりどめちょう》二丁目の、乗庵先生にきていただいてください」

「へえ。すぐに呼びにやらせます。ほかに、ご連絡を入れるところは、あらはりますか」

勘兵衛は、しばらく考えた。

（もし、嵯峨野典膳と斬り合ったことを［千束屋］あたりが知ったら……）

無用な争いを引き起こすことに、なりはしないか。

(それに、皆にも心配をかけて……)

見舞いにこられたりするのも、わずらわしいな。

「猿屋町の権兵衛長屋に、わたしの町宿があって、そこに八次郎という者がいる」

「八次郎さん、ですね」

「うん。その者に、わたしは急用ができて、二、三日、旅に出たと伝えてほしい」

「ま。お怪我のことは言わなくていいんですか」

「いや、今はそのことは知られたくない」

「では、誰にも知られず、ここでご養生を？」

なぜか小夜が嬉しそうな声になった。

「うん。八次郎にはな、明日が火風斎どののご葬儀だと伝えてくれ。あとは八次郎がなんとかするだろう」

「かふうさい、という方の葬儀が、明日あるんですね」

「そう、そう言えばわかる」

言いながら、だんだん勘兵衛は意識が遠のきはじめていた。

「それから乗庵先生……にもな。その……、口止めを忘れぬように……」

「わかりましたとも。もし、勘兵衛さま。大丈夫でございますか」

「うん……大丈夫だ……頼んだぞ……」

突然に睡魔のようなものが襲ってきて、勘兵衛は意識を失った。

その夜から、勘兵衛は高熱を発した。

6

勘兵衛がふと目覚めたとき、そこは見覚えのある［和田平］の離れで、のべられた寝床の横には、医師の乗庵と、小夜の顔があった。

「ああ、これは先生」

起き上がろうとしたが、身体が思うように動かない。声も小さくかすれた。

勘兵衛は知らなかったが、すでに一夜が明けて、乗庵は、これが二度目の診察であった。

「お気がつかれたか。お静かになされよ。なに、しばらく傷が痛もうが、傷口が膿みでもせぬかぎり、命に別状はござらぬ。あとは失われた血が戻り、傷が癒えるのを待つばかりでしょう。くれぐれもご静養を心がけてください」

なるほど、左の脇腹がひどく痛む。

乗庵が処方していった痛み止めには、眠り薬でも混じっているのか、勘兵衛は、その後しばらく、夢うつつの日日を送ることになる。

その間、小夜は勘兵衛につきっきりで看病をしていた。

こうして二日目の夜がはじまろうとするころ、日光道中、草加の宿場町で大捕物があった。そして総勢で二十名をも超える盗賊一味が一網打尽に召し捕られている。そんなことも知らず、勘兵衛は眠りつづけた。

三日目に、ようやく勘兵衛の熱が下がった。

だが、痛み止めを飲むたびに、傷の痛みはやわらぐが、同時に睡魔も襲ってくる。

「さあ、汗でも拭いましょう」

その夜の営業も終わり、風呂上がりの小夜が、白縮緬の長襦袢一枚きりという、なまめかしい姿で水盥と手拭いを運んできたときも、勘兵衛は眠っていた。

夢を見ている。

故郷大野で芝居興行があって、園枝と見物したときの夢だ。それが、いつの間にか、どこかに二人きりになっている。

「まあ、まあ、よくおやすみやこと」

もうこれが三晩目だから、小夜も慣れた手つきで、勘兵衛の浴衣の前身頃を開いた。

勘兵衛の夢の園枝が、髪油の匂いを立てている。

(よい匂いじゃ)

勘兵衛が、そう思ったとき、小夜は固く絞った手拭いで、勘兵衛の胸に浮いた汗を、丁寧に拭きはじめた。

「う……」

勘兵衛は、園枝の冷やっこい手が襟から入りこんで、自分の裸の胸に触ったのを感じた。

(園枝どの……いったい……)

勘兵衛も、園枝を抱き寄せようと右手を伸ばした。

(あら)

勘兵衛の手が、小夜の肩を抱き寄せ、おそるおそるといったように、小夜の懐の内に侵入してきた。

(まあ)

ついに勘兵衛の手が、小夜の乳房をとらえた。

もう十年も昔のことになるが、小夜は大坂時代に世帯を持ったことがある。その亭主は二年ばかりで病死したが、男の手が小夜の乳房をもてあそぶのは、それ以来のことであった。

うつつのなか、初めての女体に接して、勘兵衛は頭の芯がしびれていく感覚に、熱い吐息をはいた。

「園枝どの……」

「まっ！」

勘兵衛の口から知らぬ女の名が出て、思わず小夜は、邪険に勘兵衛の手を振り払う。

そして、再び胸から腹へと手拭いを動かしていったとき——。

「まっ！」

もう一度、小夜は、小さく叫んだ。

目の先に、勘兵衛の男が兆《きざ》しているのを見たからだ。

そして勘兵衛は夢うつつのうちに、園枝と交わっていた。

（これが、女体というものか……）

激しい快感が背筋を貫いて、勘兵衛は放った。

「園枝どの……」

再び勘兵衛は、その名を呼んだ。

それから暫時……。

覚醒する勘兵衛の目から、園枝の影が揺らぎ消えて、やがてそれはゆっくりと、上から見下ろしている小夜の顔に変わっていった。

「あ、小夜さん」

（なぜ小夜さんが、わたしに跨っているのだ……）

まだ勘兵衛には現実が飲み込めていない。

これが、勘兵衛の初体験であった。

十九歳——夏のことである。

［余滴《おまけ》……本著に登場する主要地の現在地］

［瀬戸物町徳利長屋］日本橋室町二丁目三番地付近
［深川猿江船会所］猿江一丁目一番地付近
［金杉村三嶽社］東日暮里三丁目猿田彦神社付近
［火付盗賊改方役宅］千代田区二番町ベルギー大使館付近
［照り降り町の飯屋］日本橋小網町一八番地付近

［筆者註］
本稿の江戸地理に関しては、延宝七年［江戸方角安見図］（中央公論美術出版）および、御府内沿革図書の［江戸城下変遷絵図集］（原書房）によりました。

時代小説
二見時代小説文庫

残月《ざんげつ》の剣《けん》　無茶《むちゃ》の勘兵衛《かんべえ》日月録《じつげつろく》3

著者　浅黄《あさぎ》　斑《まだら》
発行所　株式会社　二見書房
東京都千代田区三崎町二―一八―一一
電話　〇三―三五一五―二三一一［営業］
〇三―三五一五―二三一三［編集］
振替　〇〇一七〇―四―二六三九
印刷　株式会社　堀内印刷所
製本　ナショナル製本協同組合

ISBN978－4－576－07067－4
http://www.futami.co.jp/

山峡の城　無茶の勘兵衛日月録
浅黄　斑／父と息子の姿を描く大河ビルドンクスロマン第1弾

火蛾の舞　無茶の勘兵衛日月録2
浅黄　斑／十八歳を迎えた勘兵衛は密命を帯び江戸へと旅立つ

残月の剣　無茶の勘兵衛日月録3
浅黄　斑／凄絶な藩主後継争いの渦に巻き込まれる無茶勘

冥暗の辻　無茶の勘兵衛日月録4
浅黄　斑／深手を負った勘兵衛に悲運は黒い牙を剥き出す！

刺客の爪　無茶の勘兵衛日月録5
浅黄　斑／勘兵衛にもたらされた凶報…邪悪の潮流は江戸へ

陰謀の径　無茶の勘兵衛日月録6
浅黄　斑／伝説の秘薬がもたらす新たな謀略の渦……！

報復の峠　無茶の勘兵衛日月録7
浅黄　斑／シリーズ最新刊！　待望の第7弾。

栄次郎江戸暦　浮世唄三味線侍
小杉健治／吉川英治賞作家が叙情豊かに描く読切連作長編

間合い　栄次郎江戸暦2
小杉健治／田宮流抜刀術の名手、栄次郎が巻き込まれる陰謀

見切り　栄次郎江戸暦3
小杉健治／栄次郎に放たれた刺客！誰がなぜ？　第3弾

残心　栄次郎江戸暦4
小杉健治／シリーズ最新刊！　待望の 第4弾

夏椿咲く　つなぎの時蔵覚書
松乃　藍／秋津藩の藩金不正疑惑に隠された意外な真相！

桜吹雪く剣　つなぎの時蔵覚書2
松乃　藍／元秋津藩藩士・時蔵。甦る二十一年前の悪夢とは…

蓮花の散る　つなぎの時蔵覚書3
松乃　藍／シリーズ最新刊！　待望の第3弾。

仕官の酒　とっくり官兵衛酔夢剣
井川香四郎／酒には弱いが悪には滅法強い素浪人・官兵衛

ちぎれ雲　とっくり官兵衛酔夢剣2
井川香四郎／徳山官兵衛のタイ捨流の豪剣が悪を斬る！

斬らぬ武士道　とっくり官兵衛酔夢剣3
井川香四郎／仕官を願う官兵衛に旨い話が舞い込んだ！

密　謀　十兵衛非情剣
江宮隆之／柳生三厳の秘孫・十兵衛が秘剣をふるう！

木の葉侍 口入れ屋 人道楽帖
花家圭太郎／口入れ屋〝慶安堂〟の主人が助けた行倒れの侍は…

快刀乱麻 天下御免の信十郎1
幡大介／雄大な構想、痛快無比！波芝信十郎の豪剣がうなる！

獅子奮迅 天下御免の信十郎2
幡大介／将軍秀忠の「御免状」を懐に関ヶ原に向かう信十郎！

刀光剣影 天下御免の信十郎3
幡大介／山形五十七万石崩壊を企む伊達忍軍との壮絶な戦い

豪刀一閃 天下御免の信十郎4
幡大介／将軍父子の暗殺を狙って御所忍び八部衆が迫る！

影法師 柳橋の弥平次捕物噺
藤井邦夫／奉行所の岡っ引、柳橋の弥平次の人情裁き！

祝い酒 柳橋の弥平次捕物噺2
藤井邦夫／柳橋の弥平次の情けの十手が闇を裂く！

宿無し 柳橋の弥平次捕物噺3
藤井邦夫／弥平次は入墨のある行き倒れの女を助けたが…

道連れ 柳橋の弥平次捕物噺4
藤井邦夫／老夫婦の秘められた過去に弥平次の嗅覚がうずく

誇 毘沙侍 降魔剣1
牧秀彦／浪人集団〝兜跋組〟の男たちが邪滅の豪剣を振るう！

母 毘沙侍 降魔剣2
牧秀彦／兜跋組の頭・沙王は、妹母子のために剣をとる！

日本橋物語 蜻蛉屋お瑛
森真沙子／日本橋の美人女将が遭遇する六つの謎と事件

迷い蛍 日本橋物語2
森真沙子／幼馴染みを救うべく美人女将の奔走が始まった

まどい花 日本橋物語3
森真沙子／女と男のどうしようもない関係が事件を起こす

秘め事 日本橋物語4
森真沙子／老女はなぜ掟をやぶり、お瑛に秘密を話したのか

旅立ちの鐘 日本橋物語5
森真沙子／さまざまな鐘の音に秘められた六つの事件！

進之介密命剣 忘れ草秘剣帖1
森詠／開港前夜の横浜村、記憶を失った若侍に迫る謎の刺客！

遊里ノ戦 新宿武士道1
吉田雄亮／内藤新宿の治安を守るべく組織された手練たち